Paroles d'Indigènes

Isabelle Bournier, Marc Pottier

Paroles d'Indigènes

Les soldats oubliés
de la Seconde Guerre mondiale

Librio

Inédit

Sommaire

Avant-propos

1944-1945... Les libérations de l'Italie, de la Provence, des Alpes, de la vallée du Rhône, des Vosges, de l'Alsace ont été essentielles à la victoire des Alliés... Et à la place que la France a pu prendre en leur sein après l'armistice.

Cette remontée victorieuse et meurtrière vers l'Allemagne a été le fait de la 1re armée française, recrutée en Afrique pour mieux tromper la surveillance des commissaires allemands et des fonctionnaires de Vichy : 200 000 hommes, parmi eux 130 000 « Indigènes » dont environ 110 000 Maghrébins et 20 000 Africains... Le reste étant constitué aux deux tiers de pieds-noirs, et, pour un tiers, de jeunes Français qui ont fui l'Occupation.

Aujourd'hui, il est important de dire que les grands-pères des enfants de l'immigration ont participé à la libération de la France et de l'Europe.

Relater les sacrifices de ces héros, leur rendre justice, est un devoir de mémoire envers tous ceux, Français ou autres, dont ils sont les aïeux. Cette vérité rétablie, l'Histoire pourra continuer sur un sol plus sain.

Ce récit a aussi une portée universelle car, de tout temps, des humains spolient d'autres humains de leurs biens, de leur travail, de leurs droits, de leurs histoires.

L'épopée volontairement oubliée des tirailleurs indigènes doit rappeler tout un chacun au respect et à la reconnaissance de l'autre.

Rachid Bouchareb et l'équipe du film *Indigènes*

Événement cinématographique de l'année 2006, ovationné à Cannes, *Indigènes* sort sur les écrans le 27 septembre 2006.

Réalisateur : Rachid Bouchareb.
Acteurs : Jamel Debbouze, Samy Naceri, Sami Bouajila, Roschdy Zem, Bernard Blancan.
Production : Tessalit Productions / Kissfilm.
www.indigenes-lefilm.com

Au festival de Cannes, le Prix d'interprétation masculine a été décerné collectivement à Jamel Debbouze, Samy Naceri, Sami Bouajila, Roschdy Zem et Bernard Blancan, tandis que le film recevait le prix François Chalais.

Note : les mots suivis d'un astérisque (*) renvoient au lexique en fin d'ouvrage.

Introduction

On fleurit les tombes, on réchauffe le Soldat Inconnu.
Vous mes frères obscurs, personne ne vous nomme.

Léopold Sédar Senghor, *Hosties noires* (1948).

La sortie du film de Rachid Bouchareb *Indigènes* en septembre 2006 avec les quatre comédiens « beurs » les plus
emblématiques du cinéma français, Jamel Debbouze,
Samy Nacery, Sami Bouajila et Roschdy Zem, constitue
un événement cinématographique et mémoriel majeur.
Plus d'un demi-siècle après la fin de la Seconde Guerre
mondiale, ce film grand public, digne des films de guerre
américains comme *Il faut sauver le soldat Ryan* de Steven
Spielberg, s'inscrit volontairement dans un travail de
mémoire envers les Africains, originaires d'Afrique du
Nord ou d'Afrique noire, qui ont participé à tous les combats de la Libération. Pourtant, ces combattants n'ont
laissé que peu de traces dans l'histoire officielle. Quasi-
ment absente des manuels scolaires, des commémorations
officielles ou des lieux de mémoire, l'épopée victorieuse
des soldats originaires des colonies, dont près de 40 000
furent tués pendant la guerre pour notre liberté, mérite de
s'inscrire pleinement dans l'histoire et l'identité nationale.

Il est fondamental aujourd'hui de montrer l'importance
de l'appel aux soldats de l'Empire, d'écrire les pages pour
rappeler la place de l'armée française d'Afrique dans les
combats entre 1939 et 1945, de dire que les coloniaux,

dans l'armée régulière ou dans la Résistance, ont payé leur tribut contre l'occupant de la France. Un véritable droit à la mémoire impose sans militantisme, sans tomber dans les querelles mémorielles, de dire la vérité sur un des rares moment de notre histoire où de nombreuses communautés, sans distinction d'origine ni de religion, se sont battues côte à côte. L'ambition de ce livre, dans un souci pédagogique, est de conter aux lecteurs, notamment aux plus jeunes, collégiens et lycéens, que les Français doivent leur liberté non seulement aux Alliés et aux Français Libres mais aussi aux libérateurs de l'Empire, « soldats de la plus grande France » comme on les appelait à l'époque. Leur histoire est tout aussi essentielle à écrire, à commémorer, que le débarquement du 6 juin 1944 en Normandie ou que l'épopée libératrice de Paris et de Strasbourg par la 2ᵉ DB. L'Armée d'Afrique* avec ses tirailleurs*, spahis*, tabors* et goumiers*, a mis hors de combat 600 000 soldats allemands et italiens, a libéré les villes de Toulon et Marseille, avant de participer pleinement à la campagne d'Allemagne en avril-mai 1945 jusqu'à la reddition finale du IIIᵉ Reich. Trop longtemps occultée, cette histoire doit être connue et mérite reconnaissance.

Les soldats maghrébins rassemblés dans l'Armée dite « d'Afrique » et leurs frères noirs, combattants de l'Armée qualifiée de « coloniale » aux côtés des Malgaches et Indochinois ont toujours été décrits par l'état-major comme d'excellents combattants, des « braves », capables d'efforts physiques intenses. Le général de Lattre de Tassigny, commandant de la 1ʳᵉ armée française forte de 260 000 hommes, dont plus de la moitié étaient des Indigènes, admettait en novembre 1944 que les troupes de l'Armée d'Afrique éprouvaient après les combats de Tunisie, d'Italie, de Provence, du Rhône et des Vosges, l'impression d'être abusivement exploitées par la métropole. Fantassins par excellence, ces soldats « bronzés ou noirs », souvent encadrés par des pieds-noirs*, ont subi des pertes terribles. Ainsi le 7ᵉ régiment de tirailleurs algériens dont le film *Indigènes* narre l'épopée a compté, pour la seule année 1944, 5 584 tués, blessés, disparus et évacués, soit deux fois l'effectif régimentaire. Il est alors d'autant plus remarquable de constater jusqu'à la victoire finale au cœur de l'Allemagne leur abnégation au combat.

Ces faits et ces situations ont souvent été occultés par le passé. Les indépendances des colonies, acquises parfois au terme de douloureux conflits, ont contribué de part et d'autre de la Méditerranée à cette amnésie volontaire. Les nouveaux États devenus indépendants ne pouvaient reconnaître pleinement l'histoire de soldats s'étant battus pour l'ancienne puissance coloniale. En France, l'histoire officielle privilégiait une vision de la Libération par les forces gaullistes et la Résistance intérieure aux côtés des Alliés surtout anglo-américains. Le roman de l'histoire nationale oubliait volontairement les combattants devenus citoyens de jeunes nations se séparant dans les années 1950-1960 de la métropole.

À cette évacuation de l'histoire, non-récompense mémorielle, s'est ajoutée, double infamie, la sanction financière et morale du gel des pensions et retraites des soldats indigènes par rapport à leurs frères d'armes français. En effet, la loi de 1959, votée en pleine décolonisation, gelant et transformant en indemnités non indexables sur le coût de la vie les pensions et retraites des étrangers engagés dans l'armée française, décision passée à la postérité sous le nom de « cristallisation », a induit une terrible iniquité entre anciens combattants. À titre d'exemple, quand un Français perçoit, pour une pension d'invalidité à 100 %, environ 690 € par mois, un Sénégalais reçoit 230 €, un Camerounais 104 €, un Marocain ou un Tunisien 61 €. Quant à la retraite du combattant, servie à ceux qui ont passé au moins quatre-vingt-dix jours dans une unité combattante, elle s'élève à environ 430 € par an pour un Français, 175 € pour un Centrafricain, 85 € pour un Malien, 57 € pour un Algérien et 16 € pour un Cambodgien. À l'amertume d'être, comme l'écrivait l'historien Benjamin Stora, les « oubliés de l'histoire », s'est greffé pour ces combattants et leurs ayants droit un profond sentiment d'injustice, comme si le sang versé n'avait pas partout la même valeur.

Un nouveau combat pour l'égalité des droits entre les anciens combattants s'est alors engagé. Certes, le 30 novembre 2001 le célèbre arrêt Diop du Conseil d'État a jugé que le fait de verser des pensions « cristallisées » aux anciens combattants violait la Convention européenne des droits de l'homme et constituait une discrimination illégale. Pour autant, aujourd'hui encore, l'attribution de pensions inégales est une réalité et place malgré eux les anciens combattants, arrivés à l'âge d'un repos bien mérité, au cœur de luttes juridiques et politiques inextricables. La République, « oublieuse » qu'elle doit aussi la liberté aux ancêtres des immigrés et des sans-papiers d'aujourd'hui, doit mettre fin à cette bassesse par la « décristallisation » des pensions et introduire dans les livres d'histoire la participation des tirailleurs sénégalais et des troupes arabes aux combats de la Libération. Il ne s'agit pas simplement de régler une dette du passé ou de dire aux jeunes « beurs et autres blacks » qu'ils ne sont pas là par hasard. Sans tomber dans les travers de la mémoire sélective ou du militantisme mémoriel, il s'agit de rappeler des faits pour ne pas oublier une histoire au cœur de l'identité nationale. La reconnaissance de la participation active des troupes de l'Empire aux événements sanglants de la Seconde Guerre mondiale est une utile et indispensable leçon civique.

Voici donc l'aventure de ceux venus du Maghreb – Algérie, Maroc, Tunisie –, d'Afrique noire ou du reste des colonies, Armée d'Afrique et troupes coloniales* qui, aux côtés des soldats métropolitains, par obligation ou par devoir, se battirent pour la « mère patrie ». Voici le récit de ceux, originaires de l'Afrique, la Noire et la Brune sa sœur, qui ont épousé les sentiers de la gloire et du silence pour que vive l'espoir de l'humanité.

I

L'histoire des soldats oubliés de la Seconde Guerre mondiale

1

La tradition de l'appel à l'Empire

À partir de la seconde moitié du XIXᵉ siècle, les grandes puissances européennes étendent leur domination sur l'ensemble du monde. Ce mouvement de conquête lié au dynamisme démographique européen, à la supériorité économique, technique, financière et militaire d'États exprimant leur puissance nationale dans une véritable « chasse » aux colonies, débouche sur la constitution d'immenses empires coloniaux.

À la veille de la Première Guerre mondiale, l'Empire britannique avec 33 millions de kilomètres carrés et 450 millions d'habitants regroupe un quart des terres émergées et 28 % de la population mondiale. La France n'est pas en reste et privilégie certains espaces d'expansion coloniale. Comme l'écrivait en 1882 le géographe Paul Leroy Beaulieu, pour la France, seul pays européen marqué alors par le malthusianisme démographique : « *La colonisation est pour la France une question de vie ou de mort : ou la France deviendra une grande puissance africaine, ou elle ne sera dans un siècle ou deux qu'une puissance européenne secondaire.* » Convaincue d'apporter le progrès et la civilisation, la France, après la conquête de l'Algérie entamée en 1830, poursuit sur les cinq parties du monde mais surtout en Afrique un projet de constitution d'un vaste empire colonial.

Avec 11 millions de kilomètres carrés et 70 millions d'habitants, l'Empire français, le second empire colonial mondial, trouve rapidement une justification en tant que

15

réservoir d'hommes. Au-delà de l'affirmation du prestige de voir flotter le drapeau tricolore en Indochine, à Madagascar, au Maroc ou au Sénégal, la IIIᵉ République songe à une destinée particulière pour ces millions d'hommes de l'Empire. Face à l'humiliante défaite de 1870 contre la Prusse, l'Empire apparaît comme pouvant fournir un formidable réservoir de bras armés. Tant quantitativement que qualitativement, les troupes indigènes sont une réponse providentielle pour la revanche contre l'Allemagne.

Dès 1823 est créée la première unité sénégalaise constituée en corps franc, puis en 1842, à Alger, Oran et Constantine, sont formés trois bataillons de tirailleurs qui deviennent en 1856 des régiments de tirailleurs algériens. En 1857, le décret impérial du 21 juillet donne naissance, grâce à l'action du colonel Faidherbe, au premier bataillon de tirailleurs sénégalais. Avec leur costume à la turque à culotte bouffante, ces tirailleurs sénégalais voient leur effectif atteindre 6 600 hommes en 1900 au moment où ils reçoivent la nouvelle appellation de « troupes coloniales ». Ces tirailleurs sénégalais ne sont en effet pas tous originaires du Sénégal. Toute l'Afrique de l'Ouest française alimente ces contingents en troupes régulières dont les capacités guerrières inspirent, en 1910, la publication par le lieutenant-colonel Mangin d'un ouvrage intitulé *La force noire*, catégorisant les combattants dans une perspective culturaliste, voire raciste : le futur général Mangin est alors persuadé que les Africains ont des aptitudes innées pour être d'excellents combattants. Le « Noir naît soldat », affirme-t-il ; puisqu'il est possible d'en faire « un fantassin, un cavalier, un méhariste, un canonnier, un conducteur, un soldat du train, un sapeur du génie, un ouvrier d'artillerie ou d'administration, un matelot de pont sur mer ou sur rivière ».

Cette « force noire à consommer avant l'hiver car ne supportant pas le froid », selon la tristement célèbre expression utilisée par Mangin pendant la Première Guerre mondiale, participe massivement à tous les combats dès

1914. Près de 200 000 tirailleurs sénégalais sont ainsi envoyés au front. Plus de 30 000 tombent pour la France. Pour assurer une telle levée en masse, le recrutement forcé intervient dès 1915. Des révoltes comme celle des Bambara du Bélédougo, au nord de Bamako, au Niger et dans le Nord Dahomey (actuel Bénin) attestent de réactions parfois hostiles à l'encontre de méthodes de recrutement coercitives. 300 000 Maghrébins dont 170 000 Algériens, 41 000 Malgaches, 49 000 Indochinois, un bataillon de Somalis et un bataillon du Pacifique constitué de Calédoniens et de Kanak participent aussi à la Grande Guerre, soit au total 7,5 % des soldats présents sous les drapeaux pendant le conflit. Les pertes de soldats de l'Empire s'élèvent à plus de 70 000 hommes, du fait des combats mais aussi des maladies et de l'inadaptation climatique. À l'heure du bilan humain, les statistiques ne montrent pas de pertes supérieures à celles des fantassins métropolitains. Les Noirs les plus éprouvés perdent de 21,5 % à 22,4 % des effectifs engagés, les Algériens 15,1 % et les fantassins « métros » 22,9 %. Notable exception, les pertes marocaines atteignent 24 % des combattants. Le recours aux troupes coloniales dans les combats a été surtout important à la fin de la Grande Guerre en « attendant l'arrivée des Américains[1] ».

« *Honneur aux tirailleurs [...]. Ils sont dignes de la Nation, qui a les plus beaux soldats de la Terre. S'ils peuvent à bon droit être fiers d'être désormais des enfants de la France, la France, de son côté, a le droit et le devoir d'être fière de ses nouveaux fils* », écrivait-on en 1922 en hommage aux vertus guerrières des soldats de l'Empire. L'imagerie militaire attribue ainsi pour longtemps à ces soldats un certain nombre de comportements aux combats. Le tirailleur sénégalais sort de la guerre auréolé de bravoure, de générosité dans l'action mais aussi de « sauvagerie ».

---

1. Marc Michel, « Les troupes coloniales dans la guerre », *in* Stéphane Audoin-Rouzeau et Jean-Jacques Becker (dir.), *Encyclopédie de la Grande Guerre, 1914-1918, Histoire et culture*, Bayard, 2004, p. 334.

« Grand enfant », à l'image de la publicité datant de 1915 « Y'a bon Banania », le combattant noir unit dans l'imaginaire collectif de l'époque la solidité du roc à sa dureté. L'image du combattant algérien, tunisien ou marocain allie l'endurance et le courage mais aussi certains stéréotypes négatifs résultant de la période difficile de la conquête de l'Algérie. Quoi qu'il en soit, la découverte de la métropole par les coloniaux, le partage de l'horreur des combats entre métropolitains et Indigènes, la peur de la mort et la fierté commune d'avoir participé à la victoire militaire contribuent à l'évolution du lien colonial.

L'ordre colonial traditionnel s'en trouve perturbé. La vie dans les tranchées étant plus égalitaire que la situation dans les colonies, certains anciens combattants attendent que la France accorde une citoyenneté partagée à tous les sujets de l'Empire. D'autres, encore minoritaires à l'époque, réclament et s'engagent pour le droit des peuples à disposer d'eux-mêmes. Le nationalisme indigène commence à ébranler une France coloniale. Pour autant, les Français dans l'entre-deux-guerres sont de plus en plus attachés à l'idée d'Empire. La montée des tensions avec l'Allemagne nazie renforce l'idée de l'indispensable appel à l'Empire en cas de conflit. Les « soldats de la plus grande France » sont de nouveau mobilisés dès 1939.

2

Au secours de la France

L'Armée d'Afrique et les troupes coloniales participent pleinement à la drôle de guerre et à la campagne de France. L'Afrique du Nord fournit douze divisions composées surtout de régiments de tirailleurs algériens, marocains et tunisiens, soit un effectif de 340 000 hommes. Entre 1939 et début juin 1940, l'A-OF (Afrique-occidentale française) et l'A-ÉF (Afrique-équatoriale française) lèvent 100 000 hommes pour la défense de la métropole. Les Malgaches et les Indochinois sont versés dans l'artillerie coloniale et les mitrailleurs coloniaux. Pour avoir un ordre d'idée de l'importance de l'Armée d'Afrique et des troupes coloniales dans la stratégie militaire française, il suffit de rappeler qu'en 1940, sur les soixante-dix divisions d'infanterie de l'armée, vingt proviennent de l'Empire[1].

L'enrôlement de ces troupes s'effectue sans difficultés majeures. Le ministère de la Guerre, qui tablait sur 50 000 engagements en A-OF, a la surprise d'en dénombrer plus de 100 000, entre septembre 1939 et juin 1940[2]. Les bureaux de recrutement sont submergés par les candidats. Le recrutement s'effectue après une visite d'aptitude et comme un grand nombre d'Indigènes ne possèdent pas de papiers d'identité attestant leur âge de façon précise, des

---

1. Dominique Lormier, *C'est nous les Africains, l'épopée de l'armée française d'Afrique 1940-1945*, Calmann-Lévy, 2006.

2. Jean-Yves Le Naour, *La Honte noire, l'Allemagne et les troupes coloniales françaises, 1941-1945*, Hachette Littératures, 2003.

adolescents de 16 voire 15 ans sont déclarés aptes. L'esprit d'aventure, la soif de voir du pays, la volonté de sortir de la misère grâce à la future solde, le sentiment que l'ordre militaire est moins inégalitaire que l'ordre colonial et le loyalisme à la métropole facilitent les engagements.

Durant la drôle de guerre, de nombreux exploits sont attribués aux troupes de l'Empire. Le caporal Ioumanga Ouédraogo est ainsi un des premiers combattants décorés du conflit. Le journal *Le Miroir* du 10 décembre 1939 relate le fait d'armes qui permet au tirailleur sénégalais de recevoir la Croix de guerre. Cet article traduit la persistance de l'imaginaire colonial. Le voici dans ses principales lignes :

Ioumanga Ouédraogo est un des tirailleurs qui sont venus en France par milliers pour défendre sur la ligne Maginot les frontières de leurs savanes et de leurs forêts. Il est soudanais – de race Mossi – comme le montrent les tatouages raciaux, une double jugulaire et un trait qui partage son nez.

Il appartient à une magnifique et solide race de cultivateurs, mais aussi de guerriers. Le Moro Naba, son roi, trop vieux pour servir au front, a mis ses deux fils à la disposition de la France : l'aîné est sous-lieutenant ; le cadet, qui vient de s'engager, sert comme simple soldat.

Ioumanga Ouédraogo, lui, est monté « quelque part » sur le front. Une nuit, les quatre hommes du petit poste qu'il commandait ont été attaqués par une section allemande. Le vieil atavisme guerrier du Mossi s'est réveillé et non seulement les quatre tirailleurs ont résisté aux cinquante ennemis qui les attaquaient, mais, en passant à la contre-attaque, ils ont « reconduit » l'Allemand jusque chez lui.

C'est ainsi que le caporal Ioumanga Ouédraogo fut un des premiers tirailleurs sénégalais à recevoir la Croix de guerre. Permissionnaire, il fut dirigé vers le centre d'hébergement de Chevilly, au foyer de repos créé par le ministre des Colonies, M. Georges Mandel. [...]

Ce combattant de l'Empire, Le Miroir l'a suivi dans sa promenade, depuis l'Arc de Triomphe où, devant la flamme éternelle, il s'est recueilli en songeant : « Peut-être est-ce un Mossi de ma race, peut-être est-ce un Marocain, peut-être un Français du Nord ou du Sud [...] »

Ioumanga est parti dans Paris [...] Sa curiosité était attirée par tout ce que la France pouvait lui montrer de plus moderne, et aussi de plus noble et de plus précieux. Pour lui, la tour Eiffel n'était pas le monument le plus haut du monde, mais uniquement le support des antennes qui, il y a quelques jours, ont transmis sa voix au fond du pays Mossi. Les Invalides ? Il les considérait comme le triomphant mausolée d'un chef de guerre. À Notre-Dame, il s'est recueilli ; il a retiré sa chéchia avec une inoubliable délicatesse et s'est incliné devant une religion inconnue [...].

Ingénument, Ioumanga a promené sa Croix de guerre dans les rues, aux Halles, au restaurant, et il s'étonnait d'être félicité, et il s'étonnait d'être considéré comme un héros, alors qu'en son âme, il se considérait comme un tirailleur, comme tant d'autres.

Le journal *Match* du 4 avril 1940 consacre sa couverture aux soldats marocains d'un corps franc et conte la mission périlleuse en première ligne d'une de leurs patrouilles. Les nombreuses citations militaires, comme celle du sergent Abdallah ben Lhassen, montrent l'engagement des unités de l'Empire pour la défense des frontières : « *Sous-officier d'élite. A repoussé vigoureusement l'action hardie des patrouilleurs ennemis dirigée contre son groupe. Blessé par un éclat de mine, a refusé d'être évacué pendant le séjour de sa compagnie en ligne.* »

Lors de la campagne de France, les troupes de l'Empire se battent avec vaillance. La 1re division marocaine du général Mellier participant à la bataille de Gembloux, nœud stratégique d'une douzaine de kilomètres en Belgique, réussit à bloquer les 14 et 15 mai 1940 l'avancée de deux divisions blindées allemandes appuyées par la puissance de feux d'escadrilles de stukas. Le 15 mai, lors de la bataille de Sedan, la 3e brigade de spahis du colonel Marc, composée de Marocains et d'Algériens, livre une lutte défensive acharnée à la Horgne contre la Ire *Panzerdivision* du général Kitchner. Autour de Lille, les 1er, 2e et 6e régiments de tirailleurs marocains combattent de façon acharnée du 28 au 31 mai, apportant leur soutien aux troupes prises dans la nasse de Dunkerque, ce qui facilite l'évacuation vers l'Angleterre de milliers d'hommes. Leur courage est tel que les autorités militaires allemandes accordent les honneurs militaires aux défenseurs de Lille. Ils sont autorisés à défiler sur la grande place de la ville avant leur départ en captivité, ce qui n'est pas sans provoquer la colère d'Adolf Hitler.

À chaque fois, les pertes sont considérables. Le prix du sang versé est très lourd, notamment lors de l'ultime bataille sur la Somme du 5 au 7 juin 1940. Ainsi le 44e régiment mixte d'infanterie coloniale qui comprend un bataillon de Sénégalais perd la quasi-totalité de ses 600 hommes. Lors des barouds d'honneur qui suivent la débâcle, les combattants indigènes livrent une résistance farouche à l'exemple du 4e régiment de tirailleurs marocains lors des combats de la Montagne de Reims, les 11 et 12 juin, ce qui lui vaut avec sa division, la 82e division d'infanterie nord-africaine, une citation à l'ordre de l'armée. Les 18, 19 et 20 juin, le 13e régiment de tirailleurs algériens contribue à l'épopée défensive sur la Loire aux côtés des cadets de Saumur et des élèves de Saint-Maixent.

Au même moment, le 25e régiment de tirailleurs sénégalais se sacrifie pour défendre Lyon. Ses ordres sont formels : « *En cas d'attaque, tenir tous les points d'appui sans esprit de recul, même débordé. Conserver à tout prix l'intervalle Saône-Azergues par où passe la N 6.* » À Chasselay,

devant le couvent de Montluzin, les tirailleurs sont submergés par les Allemands dont ceux de l'unité d'élite
« Gross Deutschland ». Les soldats africains sont alors
massacrés par les Allemands « fous de rage » devant la
résistance de troupes qu'ils considèrent du fait des théories
raciales nazies comme des « sous-hommes[1] ». Une impi-
toyable traque aux Noirs s'effectue avec des exécutions
sommaires, des tirailleurs écrasés par les chenilles des
blindés, autant de violations des conventions internationa-
les commises au nom d'une autre couleur de peau. Un
cimetière, le *Tata* sénégalais de Chasselay, rassemble ainsi
les sépultures des 188 corps retrouvés des Africains morts
pour la France près de Lyon.

Durant la campagne de France, près d'un millier de
tirailleurs sénégalais, de combattants nord-africains et
indochinois sont sommairement exécutés. La litanie des
quelques plaques et monuments aux morts qui suit rappelle ces exactions :
– **Monthermé** (Ardennes) : « Aux Combattants français
et malgaches de la 42ᵉ demi-brigade mixte tombés pour

---

1. Dès les lendemains de la Première Guerre mondiale, les propagandistes
nazis développent des attaques racistes contre la présence des troupes coloniales françaises dans leur pays. Cette campagne contre la « honte noire »
dénonce, selon Hitler dans *Mein Kampf*, une France du métissage, peuple qui
« tombe de plus en plus au niveau des nègres » et qui ainsi « met sourdement
en danger, par l'appui qu'il prête aux Juifs pour atteindre leur but de domination universelle, l'existence de la race blanche en Europe. Car la contami-
nation provoquée par l'afflux de sang nègre sur le Rhin, au cœur de l'Europe,
répond aussi bien à la soif de vengeance sadique et perverse de cet ennemi
héréditaire de notre peuple qu'au froid calcul du Juif, qui voit le moyen de
commencer le métissage du continent européen en son centre et, en infectant
la race blanche avec le sang d'une basse humanité, de poser les fondations
de sa propre domination » (*in* Jean-Yves Le Naour, *La Honte noire, l'Allemagne et les troupes coloniales françaises, 1941-1945, op. cit.*, p. 233). Ennemie
de la civilisation européenne et de la *Kultur*, la France et ses Indigènes coloniaux, hommes de couleur d'Asie et d'Afrique, races de « coolies et de fel-
lahs », pays pouvant tirer selon la propagande du IIIᵉ Reich cinq millions
d'hommes de son empire, mérite donc le châtiment le plus sévère.

la défense du passage de la Meuse à Monthermé le 13 mai 1940 » ;
– **Wassigny** (Aisne) : « Aux soldats de la 1re division d'infanterie nord-africaine tombés sur le territoire de notre commune en mai 1940 » ;
– **Febvin-Palfart** (Pas-de-Calais) : « Aux 32 artilleurs de la 5e DINA fusillés le 30 mai 1940 » ;
– **Erquinvillers** (Oise) : « À ses défenseurs de la division d'infanterie coloniale, soldats et tirailleurs sénégalais, tués au combat ou massacrés ensuite le 10 juin 1940[1] » ;
– **Cressonsacq** (Oise) : « Aux soldats guinéens massacrés sur le territoire de la commune le 10 juin 1940 » ;
– **Reuves** (Marne) : « Aux 44 soldats qui ont donné leur vie pour la défense de notre sol – 14 juin 1940. 4e tirailleur marocain » ;
– **Beaune** (Côte-d'Or) : « Aux 18 soldats indochinois morts en défendant la ville de Beaune les 17-18 juin 1940 » ;
– **Clamecy** (Nièvre) : « Aux 43 soldats français africains massacrés par les Allemands » ;
– **Lyon**, montée de Balmont, dans le quartier de Vaise (Rhône) : « Aux 27 soldats sénégalais lâchement assassinés. »

Le préfet d'Eure-et-Loire, Jean Moulin, est lui aussi victime du soutien qu'il apporte aux troupes coloniales. Les autorités allemandes veulent rendre des tirailleurs sénégalais responsables d'exactions commises par les nazis sur des populations civiles. Ils demandent au préfet Jean Moulin de reconnaître que « *des femmes et des enfants français ont été massacrés après avoir été violés. Ce sont vos troupes noires qui ont commis ces crimes dont la France portera la honte* ». La réponse de Jean Moulin envers les tirailleurs est catégorique et courageuse : « *Ils sont incapables de commettre une mauvaise action contre les populations civiles et moins encore les crimes dont vous les accusez.* » Jean Moulin est alors torturé

---

1. Les prisonniers noirs séparés de leurs frères d'armes français blancs sont exécutés à la mitrailleuse.

mais refuse de signer l'attestation d'accusation des tirailleurs sénégalais. Ne pouvant être complice de cette monstrueuse machination conçue par des « sadiques en délire », comme il l'écrira, il tente de mettre fin à ses jours en se tranchant la gorge avec un débris de verre.

Pendant l'hiver 1940-1941, Jean Moulin écrit le petit livre *Premier Combat*. Il s'agit du journal de bord du préfet de Chartres durant les journées d'exode de juin 1940. *Premier Combat* est aussi une réflexion sur l'engagement :

« *Le nazi, prenant la feuille qu'il m'a tendue tout à l'heure.*
– Aux termes du protocole, des effectifs français et notamment des soldats noirs ont emprunté, dans leur retraite, une voie de chemin de fer près de laquelle ont été trouvés, à 12 kilomètres environ de Chartres, les corps mutilés et violés de plusieurs femmes et enfants.
Moi. – Quelles preuves avez-vous que les tirailleurs séné-galais sont passés exactement à l'endroit où vous avez découvert les cadavres ?
Le nazi. – On a retrouvé du matériel abandonné par eux.
Moi. – Je veux bien le croire. Mais en admettant que des troupes noires soient passées par là, comment arrivez-vous à prouver leur culpabilité ?
Le nazi. – Aucun doute à ce sujet. Les victimes ont été examinées par des spécialistes allemands. Les violences qu'elles ont subies offrent toutes les caractéristiques des crimes commis par des nègres.
Malgré l'objet tragique de cette discussion, je ne peux m'empêcher de sourire : "Les caractéristiques des crimes commis par des nègres." *C'est tout ce qu'ils ont trouvé comme preuves !* [...]
Le petit officier blond, que j'appelle désormais mon bourreau n° 1, fait un geste au soldat qui pointe sa baïonnette sur ma poitrine en criant en allemand : "Debout !"
Dans un sursaut douloureux, je me redresse. J'ai terri-blement mal. Je sens que mes jambes me portent diffici-lement. Instinctivement, je m'approche d'une chaise

pour m'asseoir. Le soldat la retire brutalement et me lance sa crosse sur les pieds. Je ne peux m'empêcher de hurler :
— Quand ces procédés infâmes vont-ils cesser ? dis-je après avoir repris quelque peu mes esprits.
— Pas avant, déclare mon bourreau n° 1, que vous n'ayez signé le "protocole". » *Et à nouveau, il me tend le papier.*
[...]
Ils me traînent maintenant jusqu'à une table où est placé le "protocole".
Moi. – Non, je ne signerai pas. Vous savez bien que je ne peux pas apposer ma signature au bas d'un texte qui déshonore l'armée française. »

Jean Moulin, *Premier Combat*
© Éditions de Minuit, 1983.

La haine des nazis pour les tirailleurs se traduit aussi lors de l'assassinat, d'une balle dans la nuque, du capitaine Charles N'Tchoréré, gabonais de naissance, commandant la 7e compagnie du 53e régiment d'infanterie coloniale mixte. À Airaines, dans la vallée de la Somme, la compagnie du capitaine N'Tchoréré résiste avec fougue et inflige de lourdes pertes aux Allemands, près de 300 hommes. Alors que les survivants du 53e RICM sont faits prisonniers, les Allemands décident d'humilier le capitaine N'Tchoréré en le traitant, au mépris du droit, en simple soldat et non en officier français. Ils lui commandent, comme le rappelle Bakari Kamian :

« *de se joindre aux mitrailleurs sénégalais et de se tenir, comme eux, les mains sur la tête. Le capitaine N'Tchoréré refusa d'exécuter cet ordre et, fièrement, se dirigea vers le groupe de ses camarades officiers blancs. Aussitôt un Feldwebel s'est avancé et, à bout portant, a abattu le capitaine d'un coup de pistolet. Les meurtriers de N'Tchoréré ont fait disparaître son corps qui n'a jamais été retrouvé. Le capitaine N'Tchoréré a donné sa vie pour faire respecter sa dignité d'officier français, ses droits d'être un homme comme les autres, la dignité de l'homme noir.*

Autour de lui sont tombés des dizaines de combattants maliens originaires de la plupart des régions du Mali et auxquels il avait su communiquer sa rage de se battre et son dévouement sans réserve pour la Mère Patrie. La dernière lettre de N'Tchoréré à son fils est un message avant terme adressé à la conscience des Français à propos de l'immigration africaine en France, et de l'intégration des immigrés africains dans la société française d'aujourd'hui [1]. »

Cette lettre du 26 août 1939 écrite à son fils Jean-Baptiste caporal au 2ᵉ régiment d'infanterie coloniale atteste un patriotisme envers la France dans la tradition de Péguy :

« *La vie, vois-tu mon fils, est quelque chose de cher, servir sa Patrie, même au péril de sa vie, doit l'emporter toujours ! J'ai une foi inébranlable en la destinée de notre chère France, rien ne la fera succomber, et s'il le faut, pour qu'elle reste grande et fière de nos vies, eh bien, qu'elle les prenne ! Du moins, plus tard, nos jeunes frères et nos neveux seront fiers d'être Français, ils pourront lever la tête sans honte, en pensant à nous* [2]. »

Le 7 juin 1940, jour de l'assassinat de son père, tragique ironie de l'histoire, le caporal Jean-Baptiste N'Tchoréré tombe sur le front de la Somme.

À la fin de la campagne de France, les pertes des troupes coloniales ont atteint, selon le secrétariat d'État aux colonies de Vichy, 23 % chez les Indochinois, 29,6 % parmi les Malgaches et 38 % chez les tirailleurs sénégalais. Plus de 5 400 Maghrébins sont morts durant les quelques semaines de combats de mai et juin 1940.

---

1. Bakari Kamian, *Des tranchées de Verdun à l'église Saint-Bernard*, Khartala, 2001.
2. *Revue des troupes coloniales*, n° 275, 1946.

3

Le sort dramatique des prisonniers indigènes

Après la défaite de juin 1940, le flot de prisonniers de l'armée française atteint 1,6 million d'hommes, parmi lesquels plus de 60 000 Algériens, 18 000 Marocains, 12 000 Tunisiens, 15 000 combattants noirs de l'A-OF et de l'A-ÉF, 3 900 Malgaches, 2 400 Indochinois, quelques centaines d'Antillais non reconnus comme Français par les nazis et 3 700 captifs non déterminés selon les critères allemands. Leur sort va se révéler dramatique.

En application des accords de l'Armistice, tous les régiments africains sont dissous. Les Allemands peuvent enfin prendre leur revanche et venger leurs pères de l'occupation de la Rhénanie par les troupes coloniales. Pour les nazis et leur idéologie raciale, les militaires « indigènes » sont des « sous-hommes », des « bêtes féroces ». Le Noir, le *Schwarze* est honni et craint. Le mépris et la haine s'abattent sur ces prisonniers. Les 18 000 soldats marocains capturés doivent en plus assumer leur enrôlement volontaire, ce qui constitue une source d'hostilité supplémentaire de la part de certains Allemands.

Malgré la convention de Genève qui protège tout prisonnier de guerre, les débuts de la captivité se révèlent fatals pour quelques dizaines d'entre eux. Le sergent Ennergis, tirailleur marocain fait prisonnier à Lille, fin mai 1940, rapporte :

« J'ai vu des Allemands fusiller sur place des Sénégalais. Beaucoup de mes camarades marocains l'ont été aussi

parce que les Allemands savaient que nous étions volon-
taires, contrairement aux Algériens qui étaient des appelés.
Je n'ai eu la vie sauve que grâce à mon jeune âge, en fai-
sant croire aux Allemands que les Français avaient voulu
enrôler de force mon père et que j'avais pris sa place pour
le sauver. »

À Febvin-Palfart, dans le Pas-de-Calais, les trente-deux
soldats marocains du 254e régiment d'artillerie division-
naire assassinés par les nazis sont des prisonniers en transit
qui, exténués par une marche forcée, refusent d'aller plus
loin. Les marches qui conduisent vers les camps de regroupement sont parfois fatales aux Indigènes. Le tirailleur
sénégalais Ousman Alio Gadio précise que les Allemands
tirent sur tous ceux qui ne pouvaient plus marcher.

Par peur des maladies tropicales et de la « souillure » du
sol allemand par la présence en captivité des soldats indigènes, les autorités nazies décident leur internement quasi
systématique sur le territoire français. Prisonniers
maghrébins, noirs africains ou indochinois sont donc
internés à Rennes, Reims, Lyon, Orléans, Saumur, Bour-
ges, Angoulême, etc., dans des camps appelés *Frontstalags*.
Certes à Kassel, en Hesse, sont détenus des prisonniers
coloniaux mais ceux envoyés initialement en Allemagne ou
en Pologne sont progressivement transférés dans les
camps français où les conditions de détention sont très
dures. Le ravitaillement est aléatoire. La tuberculose fait
rage ; les brimades allemandes sont fréquentes. Au *Fronts-*
talag n° 231, près de Véluché, dans les Deux-Sèvres, l'un
des médecins français qui séjournent au camp racontera :

« Des tirailleurs marocains ayant tenté de s'évader s'empê-
trèrent dans les barbelés. Surpris par les sentinelles, celles-
ci, au lieu de les reprendre et alors qu'ils imploraient grâce,
les assassinèrent sans pitié à coups de revolver et de
mitraillette. Le soir, c'est trois ou quatre cadavres que les
médecins français eurent à enlever dans les fils de fer [...].
Au cours des obsèques, le rite musulman fut, pour leurs

gardiens, une occasion de divertissement sadique et de prises de photos. Lorsque l'armée allemande évacue ce camp, elle laisse enfouis sous les débris des baraquements les corps de combattants marocains morts durant leur détention [1] *! »*

Acte vexatoire supplémentaire, les quelque 44 000 prisonniers indigènes des *Fronstalags* français sont gardés à partir du début de 1943 par des soldats de l'armée d'Armistice fidèles à Vichy, les gardiens allemands étant réquisitionnés pour le front de l'Est. Dès juillet 1940, des évasions ont lieu. Pour les soldats d'Afrique du Nord et des colonies, à la difficulté de l'évasion s'ajoute l'éloignement géographique pour rejoindre leur terre d'origine. La résistance et ses maquis se révèle être une réponse à la captivité.

---

1. « Le souvenir des deux guerres mondiales au Maroc » (http://www.lyly-tech.net/~marocomb/), p. 70.

4

Les combats pour la Libération

Dès la défaite, l'Empire français devient un enjeu d'affrontements entre le régime de Vichy et le général de Gaulle, père de la France Libre. L'armistice accepté par Pétain autorise l'État français à conserver son empire colonial dont l'essentiel est en Afrique avec, pour le garder, une armée de 100 000 hommes. Dans son appel du 18 juin 1940, de Gaulle affirme que dans cette guerre mondiale, la France n'est pas seule puisqu'elle a un vaste empire derrière elle. Il affirme que c'est en Afrique qu'il est possible de continuer le combat, en y levant une armée et en recréant une souveraineté nationale. Il invite tous les représentants de l'Empire à rallier la cause de la France Libre. Pour donner à la Résistance une assise territoriale, il confie à Félix Éboué, gouverneur de l'Oubangui-Chari, actuelle République Centrafricaine, le soin de mobiliser l'Afrique-Équatoriale française. Le 26 août 1940, le Tchad rallie officiellement la France Libre, donnant un exemple immédiatement suivi par la quasi-totalité des territoires de l'A-ÉF (Congo – Cameroun – Oubangui-Chari). À l'autre bout du monde, la Nouvelle-Calédonie et Tahiti font de même. Au début du mois d'octobre 1940, le général de Gaulle se rend à Fort-Lamy, aujourd'hui N'Djamena, où il rencontre Félix Éboué qu'il nomme gouverneur général de l'Afrique-Équatoriale française.

Fidèle au gouvernement de Vichy qu'il considère comme la seule France légitime, le gouverneur général de l'A-OF, Pierre Boisson, fait tirer contre l'expédition anglo-gaulliste de Dakar des 23-24 septembre 1940. La force navale anglaise dans laquelle s'étaient intégrés des éléments des Forces Françaises Libres conduits par leur chef, le général de Gaulle, ne peut s'emparer de Dakar. Dans la ville bombardée, 135 personnes sont tuées. Ces combats fratricides entre Français se reproduiront au Levant en avril 1941. Là, les tirailleurs algériens, spahis et autres légionnaires, soldats de métier de l'Armée d'Afrique commandés par le général Dentz, aux ordres de Vichy, haut-commissaire et commandant en chef en Syrie et au Liban, combattent les Alliés et des Français Libres. Les pertes sont sévères de part et d'autre avec 1 066 tués et 5 400 blessés pour les troupes du Levant du général Dentz, 164 tués et 650 blessés pour les Français Libres et 4 060 tués et blessés pour les Britanniques.

Les premières victoires de la France Libre sont en partie dues aux forces indigènes. Le 1er mars 1941, le colonel Philippe Marie de Hauteclocque, dit Leclerc, s'empare de l'oasis de Koufra, en Libye, située à 1000 km de ses bases. La garnison italienne est défaite. Leclerc fait lever les couleurs et s'exprime ainsi devant ses hommes : « *Jurez de ne déposer les armes que lorsque nos couleurs, nos belles couleurs, flotteront sur la cathédrale de Strasbourg !* » Qui sont ses hommes ? En tout 400 soldats, 150 Européens et 250 Africains. Des tirailleurs sénégalais recrutés principalement dans le pays Sara forment le gros des fantassins. Cette victoire est saluée avec enthousiasme dans tous les territoires de l'Empire ralliés à la France Libre. Comme annoncé par la BBC, le premier acte offensif mené contre l'ennemi par des forces françaises partant de territoires français, aux ordres d'un commandement uniquement français, est une « victoire africaine ».

Avec cette armée de pauvres disposant d'un matériel hétéroclite et désuet, Leclerc continue à harceler les postes italiens du Fezzan et effectue la jonction avec la 8ᵉ Armée britannique de Montgomery le 23 janvier 1943. Ainsi renforcée, la colonne Leclerc prend le nom de Force L, se bat contre les Allemands dans le Sud tunisien et, victorieuse, défile à Tunis le 20 mai 1943. Équipée enfin de matériel américain, la Force L devient le 24 août 1943, la 2ᵉ division blindée (2ᵉ DB). Ses effectifs atteignent alors 14 000 hommes. Aux côtés de Corses, d'Alsaciens-Lorrains, d'évadés de France, d'anciens républicains espagnols, quelque 3 600 soldats indigènes provenant d'Afrique noire, d'Afrique du Nord et du Moyen-Orient témoignent de la contribution de l'Empire.

L'Empire est aussi particulièrement représenté dans la composition des unités françaises qui se battent à Bir Hakeim contre l'*Afrikakorps* du maréchal Rommel au printemps 1942. Les 3 700 hommes qui vont tenir sur le plateau désertique cyrénaïque, Bir Hakeim, point stratégique confié par le commandement britannique à la 1ʳᵉ brigade française libre aux ordres du général Kœnig, sont un panachage d'horizons divers. Aux Français métropolitains et autres légionnaires composés notamment de Belges, de républicains espagnols ou d'antinazis allemands et autrichiens s'ajoutent les Tahitiens, Marquisiens et Calédoniens du bataillon du Pacifique, une compagnie nord-africaine, des Malgaches, des volontaires mauriciens, des Syro-Libanais et d'un bataillon formé en Oubangui-Chari. Leur résistance opiniâtre, en retardant l'offensive de Rommel, le « Renard du désert », contribue à la défaite de l'*Afrikakorps* dans la bataille d'Égypte et à sauver le canal de Suez. Les troupes des Forces Françaises Libres sont alors acclamées par la presse britannique comme valeureuses héritières de Duguesclin, Bayard, Condé, Napoléon ou Foch. En ce mois de juin 1942, mois de lourdes pertes navales pour les Alliés dans l'Atlantique et en Méditerranée, temps de défaites à Kharkov, Sébastopol ou Leningrad sur le front Est, « Bir Hakeim, victoire française », au retentissement mondial permet le 11 juin au général de Gaulle d'affirmer que « *la Nation a tressailli de fierté en apprenant ce qu'ont fait ses soldats* ». Dans son discours du 18 juin 1942, il réaffirme la portée symbolique de ce combat en disant :

« *Quand à Bir Hakeim un rayon de sa gloire renaissante est venu caresser le front de ses soldats, le monde a reconnu la France.* »

LA CAMPAGNE DE TUNISIE

Le 8 novembre 1942, par l'opération « Torch », les Anglo-Américains débarquent en Afrique du Nord. En prenant pied au Maroc et en Algérie et en déclenchant la campagne de Tunisie, les Alliés visent à chasser Allemands et Italiens du sud de la Méditerranée. Les troupes françaises de l'Armée d'Afrique, obéissant à Pétain qui donne l'ordre de défendre l'Empire, s'opposent dans un premier temps au débarquement, notamment au Maroc. Pendant cinq jours, de violents combats voient les troupes françaises d'Afrique du Nord s'affronter aux Alliés. Près de 3 500 pertes sont enregistrées du côté français et près de 1 500 du côté anglo-américain. Avant d'être assassiné le 24 décembre 1942, l'amiral Darlan finit par signer la reddition d'Alger et les Anglo-Saxons obtiennent un arrêt des combats. Face à cette nouvelle donne en Afrique du Nord, Hitler fait occuper en France la « zone libre ». Pour échapper aux nazis sans se livrer à la « perfide Albion », l'ennemi traditionnel de nombre de marins français, la flotte se saborde en rade de Toulon le 27 novembre. Triste résultat de l'anglophobie et du loyalisme à l'égard de Vichy : trois cuirassés, sept croiseurs, quinze contre-torpilleurs, douze sous-marins..., au total quatre-vingt-cinq bâtiments suicidés dont les unités les plus modernes de la « Royale ». Seuls trois sous-marins parviennent à quitter la rade et rejoignent Alger.

Face à l'offensive combinée à l'Ouest des troupes alliées fraîchement débarquées et à l'Est du général Montgomery dans le désert libyen, Allemands et Italiens se retranchent alors en Tunisie autour de Bizerte. Fin novembre 1942, les troupes françaises d'Afrique du Nord ont ordre de faire feu contre les soldats de l'Axe. Avec la bataille de Tunisie qui s'engage, l'Armée d'Afrique devient de façon effective « l'épée de la France », selon l'expression du général de Gaulle. Aux côtés des 95 000 soldats américains, des 200 000 soldats britanniques qui englobent les hommes de Montgomery arrivant de Libye en mars 1943, les 75 000 soldats de l'Armée d'Afrique et les 8 000 FFL intégrés à la 8e Armée britannique fournissent un effort majeur. Tandis que les Anglo-Américains avec leurs blindés tiennent les vallées, les Français ont pris position sur la Grande Dorsale. Dans ces massifs montagneux, l'hiver est rude, la neige abondante en janvier et février. Les Italiens et surtout les Allemands débarqués en Tunisie sont aguerris. Dans un premier temps, ils bénéficient d'une supériorité aérienne et possèdent un matériel blindé de qualité supérieure. Ainsi, un des deux premiers bataillons de chars Tigre mis sur pied par Hitler est engagé en Tunisie. Face à eux, « habillés de loques, armés d'antiques tromblons et de quelques 75 [canons], dépourvus de tout transport », selon un correspondant de guerre britannique, les Français sont sous-équipés. Leur vaillance et un encadrement d'officiers et de sous-officiers de grande qualité sont leurs principales armes. 50 % de l'effectif de l'Armée d'Afrique sont constitués de Marocains, de Tunisiens, d'Algériens, de Sénégalais et de soldats d'autres colonies. L'autre moitié se compose de Français de la métropole et d'un grand nombre de pieds-noirs. Tout au long de la campagne, l'infanterie française est très demandée par les Alliés. Ainsi, les 21 000 Marocains rassemblés dans la division de marche du Maroc (DMM) commandée par le général Mathenet, avec les tirailleurs, les goumiers, les spahis et les zouaves des généraux Welwert (division de Constantine) et Conne (division d'Oran) se distinguent dans la reconquête de la dorsale orientale entre « le Mausolée » à l'ouest de Robaa, et le djebel Ousselat. Les spahis trouvent là encore l'occasion de charger sabre au clair. Les goumiers traquant les commandos allemands déposés par planeur à l'arrière du corps d'armée français livrent des combats au corps à corps se terminant souvent à l'arme blanche.

Lors du défilé de la victoire à Tunis le 20 mai 1943, mise à l'honneur, l'Armée d'Afrique est en tête des troupes présentées au général Eisenhower, alors commandant en chef des forces alliées en Méditerranée. Les Français Libres, quant à eux, défilent avec la 8ᵉ Armée britannique et non aux côtés des troupes d'Afrique du Nord, ultime animosité entre Français ayant fait des choix différents. Mais la meurtrière campagne de Tunisie, avec 5 187 tués du côté français dont 3 458 Nord-Africains, donne toute la mesure des capacités des « soldats de la plus grande France », ouvre pour les populations d'Afrique du Nord la voie à la mobilisation totale contre l'Axe et permet, à la suite de la conférence interalliée d'Anfa, le réarmement de l'Armée française en matériel américain.

La libération de la Corse et la campagne d'Italie

Après le déclenchement de l'insurrection par les maquisards et résistants corses aux ordres du commandant Colonna d'Istria, le général Giraud organise l'opération « Vésuve », le débarquement de soldats français pour libérer la Corse. Sous les ordres du général Martin, un corps de débarquement fort de 6 000 hommes, dont le fer de lance est constitué de combattants marocains, se déploie en Corse en septembre 1943. Face à eux, l'armée allemande et ses 20 000 soldats dont l'unité d'élite de la 90ᵉ *Panzergrenadierdivision* tente un repli stratégique vers l'Italie via l'île d'Elbe. Trois semaines d'âpres combats en zones montagneuses, notamment pour la possession du col de Teghime, témoignent de l'endurance inégalable et de la fougue des goumiers marocains. Le 6 octobre, de Gaulle est acclamé à Ajaccio. La Corse, premier département français libéré, devient, à proximité des côtes de Provence, un « magnifique porte-avions », base idéale pour lancer des raids vers l'Italie continentale, nouvel objectif des Anglo-Américains après le débarquement des Alliés en Sicile, en juillet 1943.

C'est à Naples que débarque, fin 1943, le corps expéditionnaire français (CEF) sous les ordres du général Juin. Intégré à la 5e Armée américaine du général Clark, général par ailleurs moins gradé que Juin, le CEF est constitué de quatre divisions : la 2e division d'infanterie marocaine (2e DIM) du général Dody, la 4e division marocaine de montagne (4e DMM) du général Sevez, la 3e division d'infanterie algérienne (3e DIA) du général de Montsabert et la 1re division de marche d'infanterie (ex-1re division française libre) du général Brosset. Trois groupements de tabors marocains (GTM), sous les ordres du général Guillaume, sont aussi engagés. Les effectifs du CEF atteignent près de 112 000 hommes dont 35 000 Marocains. Équipé de 12 000 véhicules mais aussi de plusieurs milliers de mulets, le CEF ne doit, à l'origine, remplir qu'un rôle auxiliaire. Mais devant le piétinement des Anglo-Américains face à l'imposant système défensif allemand de la ligne *Gustav*, le CEF et ses troupes nord-africaines rompues aux combats de montagne est rapidement utilisé. De plus, un ardent désir de racheter la France de sa chute de 1940 et de relever son prestige aux yeux de l'étranger anime les combattants français.

Malgré le froid et la neige des Abruzzes, les Franco-marocains se battent avec ardeur et ténacité en décembre 1943 à Colle la Bastia et à la Mainarde. « *Les soldats français sont toujours ceux de Verdun* », affirme alors le général Clark. Les combats face à la 5e division de montagne, constituée de vétérans allemands du front russo-finlandais, sont redoutables. Le futur général et ministre marocain Driss ben Omar El-Alami, alors lieutenant au 8e régiment de tirailleurs marocains, évoque ainsi ces combats :

« *Ç'a été extrêmement dur parce que c'était sur un terrain extrêmement difficile. C'était la première fois que je m'engageais dans la guerre et la première fois que j'entendais des obus tomber et des balles siffler. J'avais 21 ans !* »

Les combats ont été extrêmement durs, nous avons eu des pertes assez sérieuses du fait de la résistance acharnée des Allemands mais aussi du fait de la neige[1]. »

Convaincus de l'efficacité du CEF, les Alliés décident de suivre le plan Juin consistant à s'emparer des monts Arunci et du Monte Majo en attaquant au sud de Monte Cassino dans la boucle de Garigliano. Pour réussir ces manœuvres de contournement, grâce à des milliers de mulets, Juin achemine tout le matériel par des chemins réputés infranchissables là où les jeeps elles-mêmes sont arrêtées. Sous les coups de boutoir des « Africains », une brèche de 25 kilomètres de large sur 12 kilomètres de profondeur est creusée dans la redoutable ligne *Gustav* et les Marocains plantent un immense drapeau tricolore au sommet du Majo. Le maréchal Kesselring ordonne le repli de ses troupes sur la ligne *Dora* afin d'empêcher la prise de la Ville éternelle par les Alliés. Mais il est trop tard, la victoire française du Garigliano ouvre la route de Rome, libérée le 4 juin 1944. L'intervention du CEF en Italie témoigne du renouveau militaire français. Les unités issues de l'Armée d'Afrique et des Forces Françaises Libres réunies pour la première fois sous les ordres d'un même chef, le général Juin, sont l'expression d'une armée reconstituée qui démontre totalement son aptitude à combattre et à vaincre. Si l'armée française retrouve sa place dans l'ordre de bataille des Alliés, elle le doit en grande partie aux sacrifices des Indigènes. Ainsi la 4e division marocaine de montagne compte 1 612 soldats, sous-officiers et officiers tués en Italie. Plus globalement, près de 45 % des Marocains engagés sont mis hors de combat. Les Alliés rendent alors unanimement hommage aux Français. Le général Clark associe le général Juin au défilé triomphal dans les rues de Rome en le prenant avec lui dans sa jeep et, au palais royal, s'efface devant lui en disant : « *Après vous... Sans vous, nous ne serions pas ici.* » Le 23 juillet 1944, après la

---

1. « Le souvenir des deux guerres mondiales au Maroc » (http://www.lyly-tech.net/~marocomb/), p 74.

participation à la conquête de l'île d'Elbe et la progression en Toscane, le CEF quitte le front d'Italie afin de préparer les combats pour la libération de la France. Le général Clark reconnaît alors perdre l'appui infiniment précieux de quatre des plus belles divisions ayant jamais combattu.

DE LA PROVENCE AU RHIN

Pour le général de Gaulle, il est essentiel que le territoire national soit aussi libéré par les troupes françaises. La faible participation de soldats français aux opérations du débarquement en Normandie, le 6 juin 1944, rend encore plus cruciale la contribution française à l'opération « Dragoon » de débarquement sur les côtes de Provence. Le commandement français veut jeter le plus grand nombre possible de soldats dans la bataille. Ainsi, sous les ordres du général de Lattre de Tassigny, les forces françaises, cinq divisions d'infanterie et deux divisions blindées, totalisent 260 000 hommes soit plus de 70 % des effectifs débarquant à partir du 15 août. Modernisée, équipée avec du matériel américain, cette armée B, qui deviendra officiellement le 25 septembre 1944 la 1re Armée française, est majoritairement composée de musulmans d'Afrique du Nord, de troupes d'Afrique noire et de Français pieds-noirs. Dès l'approche des côtes françaises dans la nuit du 14 au 15 août, les commandos d'Afrique du lieutenant-colonel Bouvet sont aux côtés des *Rangers* américains. L'opération se poursuit par un parachutage massif de troupes au sud-est de Draguignan, puis un débarquement sur les côtes du massif des Maures et de l'Esterel. La tenaille ainsi ouverte se referme sur 19e Armée allemande. Appuyées par la Résistance, les troupes françaises d'Outre-Mer libèrent en moins de deux semaines la totalité du littoral. Toulon et Marseille, ces ports qui ont une importance vitale pour la logistique de l'offensive en direction de la vallée du Rhône, sont libérées respectivement les 23 et 29 août, soit pour Marseille près d'un mois avant la date prévue par le commandement allié.

Lors de la prise de Hyères, de la presqu'île de Giens et de la bataille de Toulon, les tirailleurs sénégalais de la 9e division d'infanterie coloniale (9e DIC) du général Magnan font preuve d'un allant exceptionnel. À la tête du 6e régiment de tirailleurs sénégalais, le colonel Salan, qui a contribué à la libération de Toulon avec son régiment, renforcé du groupement de chars « De Beaufort » de la 1re D.B. et du régiment d'Artillerie coloniale du Maroc, enregistre après les combats 107 tués et 461 blessés. Cette unité « ardente et manœuvrière », selon la citation à l'ordre de l'armée qui lui est conférée le 7 novembre 1944, gagne sa première palme.

La 3e division d'infanterie algérienne (3e DIA) du général de Monsabert s'empare de Marseille par une manœuvre combinée du 7e régiment de tirailleurs algériens (7e RTA) et du 1er Tabors marocains passant par les hauts de la cité phocéenne. L'infiltration réussit et surprend le dispositif ennemi du général Schaeffer et ses 13 000 combattants. Les Allemands de la 244e division d'infanterie résistent avec acharnement le long du port, au Fort-Saint-Jean. Quatre jours sont nécessaires pour réduire les points d'appui. Des combats de rue très meurtriers touchent les fantassins nord-africains. Un lourd tribut est payé avec plus de 1 500 morts et 5 300 blessés parmi les troupes régulières et une centaine de tués parmi les FFI. Le 25 août enfin, Notre-Dame-de-la-Garde est aux mains des tirailleurs algériens qui hissent le drapeau tricolore sur la basilique.

Dans la Provence libérée, les soldats africains, après la première surprise, reçoivent un accueil triomphal. Mohamed Salah, soldat de la 1re Armée française, l'exprime ainsi :

« Ils étaient étonnés de voir des gens bronzés. Effectivement, ils s'attendaient à voir des gens blancs, du fait que les Français sont de peau blanche et ils se demandaient qui nous étions ! Alors, ils hésitaient à sortir des caves, à sortir des abris, des endroits où ils se cachaient quand on leur disait : "Vous êtes libres. On est venus vous libérer,

nous les Marocains". *D'autres disaient "nous, les Algé-riens" ou "les Tunisiens" ou "les Sénégalais". Alors, on voyait dans leurs yeux briller la confiance, ce mot de liberté... ça nous frappait, ça nous encourageait d'ailleurs. »*

Un goumier marocain explique aussi la légitime fierté qui s'empare des combattants indigènes :

« *Les habitants de Marseille, quand on a libéré la ville, ils nous ont fait un accueil triomphal, avec beaucoup d'ama-bilité et beaucoup de gentillesse. Ils nous ont aimés beau-coup* [...] *Ils nous embrassaient, ils nous acclamaient, ils nous serraient dans leurs bras. »*

Puis, l'armée de débarquement remonte la vallée du Rhône et, le 12 septembre, les généraux de Lattre de Tas-signy et Leclerc commandant la 2e division blindée, unité forte de 14 500 hommes dont 3 600 soldats nord-africains, en majorité des volontaires marocains, opèrent leur jonc-tion à Nogent-sur-Seine, à l'ouest du plateau de Langres.

À l'automne 1944, les Indigènes se trouvent aux prises avec la résistance allemande aux abords des Vosges. L'armée de De Lattre doit tenir un front de plus de 120 km. L'hiver 1944-1945 est épouvantable. La température sibé-rienne tombe parfois à – 20 degrés. La résistance alle-mande en Alsace est acharnée. La fatigue se fait sentir chez les combattants d'une Armée d'Afrique au feu sans relâche depuis 1943. Les renforts ne suffisent pas. Le général Guillaume commandant la 3e division d'infanterie algé-rienne (3e DIA) déclare à de Lattre : « *Ma division est morte* ». Les pertes en morts, blessés, malades et disparus s'élèvent à 109 % dans les rangs de la 3e DIA, car tous les hommes ont été blessés ou malades au moins une fois. Elles atteignent 50 % à la 2e division marocaine de mon-tagne (2e DMM) et à la 9e division d'infanterie coloniale. Le sentiment d'être seul dans la lutte fait dire à de Lattre que le combattant venu d'Afrique voit ses camarades tom-ber sans que jamais « *un combattant de France vienne com-*

bler les vides causés par la bataille ». L'impression amère d'être seuls à fournir les efforts longs et douloureux pour gagner la guerre accentue les difficultés du quotidien. Le manque de permissions ou d'autorisations de départs en permission annoncées et jamais tenues, comme ce fut le cas le 12 novembre 1944, ne font qu'accroître les déceptions.

Les chefs des troupes indigènes ont aussi le sentiment que les exploits de leurs hommes sont moins mis en valeur que ceux des 50 000 FFI récemment intégrés à l'armée régulière.

De même, comment comprendre et accepter, à la veille de pénétrer en Allemagne pour terminer le combat, le retrait des contingents noirs ? Ces derniers sont ramenés vers l'arrière et rapatriés afin d'être remplacés par des combattants de la Résistance.

Laissés-pour-compte, 20 000 Noirs d'A-OF et d'A-ÉF rejoignent les camps du midi de la France dans l'attente d'un rapatriement. Ainsi le 6ᵉ régiment de tirailleurs sénégalais qui comptait 90 % de Noirs au 1ᵉʳ octobre 1944 n'en compte plus aucun trois semaines plus tard. Ce « blanchiment » dont le 4ᵉ régiment de tirailleurs sénégalais fait les frais le 5 octobre 1944 s'explique officiellement par l'inadaptation et le manque d'endurance des troupes noires aux combats dans le froid. Pourtant, cette considération climatique héritée des conceptions de Mangin n'était pas d'actualité lors des combats d'Italie. Des causes politiques expliquent en réalité ce désengagement. Pour siéger à la table des vainqueurs, ne faut-il pas montrer aux Anglos-Américains qu'au moment de fournir l'effort final la France combattante ne s'appuie pas seulement sur l'Empire mais aussi sur une armée composée de métropolitains ? N'est-il pas judicieux d'éviter d'employer de nouveau, comme en 1919, des troupes noires sur le sol allemand ? Ne faut-il pas empêcher la résurgence de la « honte noire » ? De plus, quelques inquiétudes quant à la fidélité des troupes coloniales se font ressentir. La propagande indépendantiste commence à trouver écho parmi quelques membres politisés de l'Armée d'Afrique. Le désengagement des troupes noires s'effectue alors à la sauvette, sans gloire, ni cérémonies officielles, ce qui renforce l'amertume. Les soldats nord-africains seront les seuls à pouvoir continuer la lutte sur le sol allemand.

Malgré la fatigue physique et morale, les troupes de l'Armée d'Afrique restant engagées dans les durs combats de Cornimont, de Gérardmer, du col de la Schlucht ou de la poche de Colmar poursuivent le combat, dans la neige, au milieu des champs de mines. Faisant face à une résistance allemande acharnée appuyée par la puissance de feu des chars Tigre, Panther et Jagdpanther, les troupes d'Afrique du Nord emportent la victoire. La poche de Colmar est réduite. La 4e division marocaine de montagne se sacrifie pour la libération de l'Alsace. Les Indigènes accèdent enfin aux rives du Rhin et, le 19 mars 1945, les tirailleurs tunisiens de la 3e division d'infanterie algérienne sont les premières unités françaises à pénétrer en Allemagne. Cette frontière symbolique sera franchie par le gros des troupes de la 1re Armée, le 31 mars, puis les Français s'empareront du pays de Bade, du Wurtemberg, de la Bavière, soit « *80 000 kilomètres carrés du Grand Reich hitlérien conquis par nos armées* », selon de Lattre. Deux armées seront détruites, 130 000 hommes seront capturés. Le 3e régiment de spahis marocains atteint le Danube, le 24 avril, à Sigmaringen. Le général de Lattre adresse alors son célèbre mot d'ordre du jour : « *Vous venez d'inscrire sur vos drapeaux et vos étendards deux noms chargés d'histoire : Rhin et Danube.* » C'est alors que la 1re Armée française devient l'armée Rhin et Danube. Le 5 mai, la 2e DB et les spahis marocains s'emparent de Berchtesgaden et du Nid d'Aigle de Hitler en haute montagne. Au Berghof, le drapeau français est hissé sur la demeure favorite de l'ancien maître du *Reich*. Dans la nuit du 8 au 9 mai 1945, de Lattre signe à Berlin, pour la France, l'acte de capitulation de l'Allemagne.

Du débarquement de Provence à la reddition allemande, la 1re Armée française a compté 9 237 tués et 34 714 blessés. Selon les chiffres du secrétariat d'État aux Anciens

Combattants, 21 500 Africains et Malgaches et 20 300 Maghrébins sont tués entre 1939 et 1945. D'autres chiffres font état de pertes plus importantes. La Résistance est aussi le fait de combattants africains. Entre 1940 et 1944, 5 000 d'entre eux se battent dans « l'armée des ombres » pour la liberté universelle. Quatorze sont même promus Compagnons de la Libération, la plus prestigieuse des décorations de la France Libre. Il est important de rappeler, parmi d'autres faits d'armes, l'engagement et le martyre de l'Oranais Mohamed Lakhdar, ou du Guinéen Addi Ba. Le militant communiste algérien Mohamed Lakhdar, membre des FTP, est arrêté par la police française en 1943 et exécuté. Addi Ba, après avoir été fait prisonnier avec son régiment de tirailleurs sénégalais, rejoint le réseau « Ceux de la Résistance » et aide à fonder le premier maquis dans les Vosges. Traqué par la police allemande, aisément reconnaissable, il est arrêté, torturé et fusillé le 18 décembre 1943 sans avoir parlé.

Durant la Seconde Guerre mondiale, la France a été en grande partie « sauvée par ses colonies ». L'épopée des troupes indigènes permet à la France libérée d'être conviée officiellement à la table des vainqueurs. Pourtant, même si dans la nouvelle Constitution de 1946 le code de l'indigénat est aboli, octroyant ainsi la citoyenneté pleine et entière aux membres de l'Union française, la France ne reconnaît pas les légitimes aspirations de ceux qui ont tant donné pour sa liberté. Deux événements dramatiques illustrent cette ingratitude.

5

Les massacres de Sétif et de Thiaroye

Le 8 mai 1945, alors que l'Armée d'Afrique parade en Allemagne, en Algérie, à Sétif, dans le Constantinois, les nationalistes algériens du PPA (Parti du peuple algérien), interdit de Ahmed Messali Hadj et des AML (Amis du Manifeste et de la Liberté) de Ferhat Abbas organisent un défilé pour célébrer la chute de l'Allemagne nazie. Les drapeaux alliés sont en tête. Soudain, pancartes et drapeau algérien sont déployés. Les pancartes portent les slogans « Libérez Messali », « Vive l'Algérie libre et indépendante », « À bas le fascisme et le colonialisme ». Un jeune algérien de 20 ans, Bouzid Saal, refuse de baisser le drapeau qu'il porte. Dans la fusillade qui s'ensuit, il est abattu tout comme le maire de la ville. Une émeute éclate, entraînant la mort de 27 Européens. À Guelma, à l'est du Constantinois, une autre manifestation entraîne la mort de plusieurs Algériens. Un soulèvement généralisé gagne alors plusieurs régions d'Algérie. La loi martiale est instaurée, l'armée intervient pour réprimer. Des villages entiers sont bombardés par l'aviation. Des *mechtas* en bordure de mer sont bombardées par la marine. Des colons européens « ultras » participent, selon leur expression, à la « chasse aux Arabes ». L'armée organise des cérémonies de soumission au cours desquelles les hommes doivent se prosterner devant le drapeau français et répéter : « *Nous sommes des chiens et Ferhat Abbas est un chien.* » Le bilan des émeutes de 1945 en Algérie est terrifiant : 102 Européens sont tués et 110 blessés. Le nombre des victimes algériennes est d'une tout autre ampleur. En juillet 1945, le ministre de l'Intérieur évoque 1 500 victimes. Le journal algérien *Le Populaire* parle de 6 000 à 8 000 victimes. Si, en Algérie, on évoque assez souvent le chiffre macabre de 45 000 tués, il reste plus vraisemblable que le bilan humain s'établit entre 8 000 et 10 000 morts. Dans un rapport établi après les massacres de mai 1945, le général Tubert notait :

« *Alors que la fraternité régnait sur les champs de bataille de l'Europe, en Algérie le fossé se creusait de plus en plus entre les deux communautés. Déjà les provocations fusent. Les Indigènes menacent les Français. Beaucoup n'osent plus se promener avec des Européens. Les pierres volent, les injures pleuvent. Les Européens répliquent par des termes de mépris.* "Sale race" *résonnait trop fréquemment. Les Indigènes n'étaient pas toujours traités, quel que fût leur rang, avec le minimum d'égards. Ils sont l'objet de moqueries, de vexations.*

Trois faits nous ont été racontés, prouvant l'état d'esprit de la population musulmane : – Un instituteur de la région de Bougie donne à ses élèves un modèle d'écriture : "Je suis français, la France est ma patrie." *Les enfants musulmans écrivent :* "Je suis algérien, l'Algérie est ma patrie." *– Un autre instituteur fait un cours sur l'Empire romain. Il parle des esclaves.* "Comme nous", *crie un gosse. – À Bône enfin, une partie de football opposant une équipe entièrement européenne à un* "onze" *musulman doit être arrêtée par crainte d'émeute* [...].

La multiplicité des renseignements qui nous sont parvenus permet d'affirmer que les démonstrations de cet état d'esprit couvraient tout le territoire algérien. [...] *Les musulmans ayant séjourné en métropole comme soldats ou travailleurs ont porté leur attention sur des faits sociaux qui passaient inaperçus aux yeux de leurs parents. Ils font des comparaisons entre leur situation et celle des Européens, qu'ils jugent privilégiés.* [...] *Ils jalousent les colons propriétaires de grands domaines. Un seul colon règne en maître sur des milliers d'hectares et ils comparent sa richesse à leur misère.* »

Sétif constitue un tournant majeur dans la montée du nationalisme algérien : une rupture avec la France qui s'effectue dans le sang. Alors que le 9e régiment de tirailleurs algériens cantonné à Sétif (9e RTA), rentré début mai en Algérie, défile le 8 mai à Alger, les familles de ces combattants sont tuées et leurs maisons détruites. Le drame passe inaperçu pour l'opinion publique métropolitaine qui a la tête ailleurs du fait de la capitulation de l'Allemagne, le même jour. Le quotidien communiste *L'Humanité* assure que les émeutiers seraient des sympathisants nazis ! L'inexcusable massacre de Sétif consacre le fossé entre les musulmans et les colons d'Algérie et annonce la guerre d'indépendance.

Autre massacre lourd de conséquences, Thiaroye, au Sénégal, en décembre 1944. Après le « blanchiment » de l'Armée d'Afrique durant l'hiver 1944-1945, entassés dans les camps de regroupement, de nombreux soldats noirs africains se trouvent abandonnés et désœuvrés. En novembre 1944, quelques insubordinations se produisent à Morlaix, à Hyères et à Versailles. L'armée française décide un retour forcé en Afrique. Le 21 novembre 1944, 1 280 tirailleurs et prisonniers de guerre sénégalais sont débarqués à Dakar et réunis dans le camp militaire de transit de Thiaroye-sur-Mer à quinze kilomètres du centre de Dakar, pour être démobilisés. Les hommes refusant de prendre le train pour Bamako sans avoir enfin perçu les soldes gagnées par le sang versé, une révolte éclate. Les insurgés, séquestrant un général qui leur donne satisfaction pour être relâché, tentent en vain de s'emparer d'armes. Dans la nuit du 1er au 2 décembre 1944, les militaires français font feu. Officiellement, 35 tirailleurs sont tués et plus d'une centaine blessés. La réalité est assurément plus lourde. Trente-quatre insurgés sont inculpés et condamnés malgré la défense de leur avocat, Me Lamine Guèye. Condamnés pour certains à 10 ans d'emprisonnement, une grâce présidentielle leur est finalement accordée en avril 1947, lors du voyage de Vincent Auriol. Si Thiaroye passe alors totalement inaperçu en France, au Sénégal les massacres ont un immense retentissement. Senghor en parle dans un numéro d'*Esprit* de juillet 1945 et Lamine Guèye rapporte ces faits en mars 1946 à la Première Constituante. Leur engagement en faveur des insurgés assure une grande popularité à ces deux acteurs majeurs de la future vie politique sénégalaise. Thiaroye constitue une rupture majeure dans l'histoire coloniale et politique du Sénégal.

Combattants pour la liberté dans une guerre juste, les soldats de l'Armée d'Afrique attendent, de retour chez eux, des jours meilleurs. Les légitimes revendications d'égalité, échos d'un monde annoncé par le général de Gaulle lors de la conférence de Brazzaville le 30 janvier 1944, sont emportées dans la tourmente de l'après-guerre. Le chef de la France Libre avait pourtant déclaré :

« *En Afrique française, comme dans tous les autres territoires ou des hommes vivent sous notre drapeau, il n'y aurait aucun progrès qui soit un progrès, si les hommes, sur leur terre natale, n'en profitaient pas moralement et matériellement, s'ils ne pouvaient s'élever peu à peu jusqu'au niveau où ils seront capables de participer chez eux à la gestion de leurs propres affaires. C'est le devoir de la France de faire en sorte qu'il en soit ainsi. Tel est le but vers lequel nous avons à nous diriger. Nous ne nous dissimulons pas la longueur des étapes. Vous avez, Messieurs les Gouverneurs généraux et Gouverneurs, les pieds assez bien enfoncés dans la terre d'Afrique pour ne jamais perdre le sens de ce qui y est réalisable et, par conséquent, pratique. Au demeurant, il appartient à la nation française, et il n'appartient qu'à elle, de procéder, le moment venu, aux réformes impériales de structure qu'elle décidera dans sa souveraineté.* »

Confrontées aux inégalités sociales et politiques, les élites indigènes ne se contentent plus alors de vagues propositions, de promesses non tenues. Ces hommes, pour la plupart anciens combattants de l'Armée d'Afrique, remettent en question la domination française sur son empire. La Seconde Guerre mondiale a réveillé les nationalismes d'abord en Afrique du Nord et en Indochine puis en Afrique noire. Contraints de redevenir des citoyens de seconde zone, ceux se sont battus pour la République et sa devise égalitaire ne peuvent plus admettre l'ordre colonial de l'Union française. La non-reconnaissance du sang versé entre 1940 et 1945 annonce la décolonisation et ses révoltes. Les témoignages d'anciens combattants indigènes, présentés dans le prochain chapitre de ce livre, révèlent tout autant la vaillance, le sacrifice, l'abnégation que l'amertume et l'incompréhension. Le lent processus qui aboutira aux indépendances était en marche.

II

DOCUMENTS ET TÉMOIGNAGES

En 1940, un tirailleur du 4e RTM (Régiment de tirailleurs marocains) lors d'une remise de décorations. Le tirailleur porte plusieurs médailles dont la Croix de guerre, la Médaille coloniale et la Croix du combattant.

« Le chant des Africains »,
hymne de la 3ᵉ division d'infanterie algérienne

Composé par Félix Boyer, ce chant a accompagné les soldats du Corps Expéditionnaire français en Italie et durant toute la campagne de France. Ancien élève du conservatoire de Paris, Félix Boyer s'était déjà fait un nom en composant en 1910 « Allons dans les bois ma mignonette », rebaptisée « Boire un petit coup c'est agréable ». Rejoignant l'Algérie en 1941, il reçoit la mission d'organiser la musique militaire d'Afrique du Nord. En modifiant les paroles de « l'Armée d'Afrique », composée par Reyjade, les « Marocains » devenant les « Africains », il dédie officiellement ce chant au général de Montsabert commandant la 3ᵉ division d'infanterie algérienne. Aux lendemains de la guerre d'Algérie, en 1962, ce chant, jugé séditieux car repris par les partisans de l'Algérie française, est interdit d'interprétation par les fanfares et musiques militaires. En 1969, l'interdiction est levée. Aujourd'hui, ce chant de marche s'inscrit comme un acte identitaire, affirmation d'une fierté conquise par le sang versé, le chant d'une mémoire retrouvée.

1. Nous étions au fond de l'Afrique
   Gardiens jaloux de nos couleurs.
   Quand, sous un soleil magnifique
   Retentissait ce cri vainqueur
   En avant ! En avant ! En avant !

Refrain :

C'est nous les Africains
Qui arrivons de loin
Nous venons des colonies
Pour sauver la Patrie.
Nous avons tout quitté,
Parents, gourbis, foyers,
Et nous gardons au cœur
Une invincible ardeur
Car nous voulons porter haut et fier
Le beau drapeau de notre France entière ;
Et si quelqu'un venait à y toucher,
Nous serions là pour mourir à ses pieds.
Battez tambours, à nos amours
Pour le Pays, pour la Patrie,
Mourir au loin, c'est nous les Africains.

2. Pour le salut de notre Empire
   Nous combattons tous les vautours.
   La faim, la mort nous font sourire
   Quand nous luttons pour nos amours.
   En avant ! En avant ! En avant !

Refrain

3. De tous les horizons de France
   Groupés sur le sol africain
   Nous venons pour la délivrance
   Qui, par nous se fera demain.
   En avant ! En avant ! En avant !

Refrain

4. Et lorsque finira la guerre
   Nous reviendrons à nos gourbis
   Le cœur joyeux et l'âme fière
   D'avoir libéré le Pays
   En criant, en chantant : En avant !

Refrain

Octobre 1944, un Goumier du 3e GTM (Groupement de Tabors Marocains), équipé de son fusil américain US 17, au repos dans Saulxures-sur-Moselotte, tout juste libéré.

Léopold Sedar Senghor,
Hosties noires, 1948

En février 1940, Léopold Sedar Senghor est affecté dans un régiment d'infanterie coloniale. Le 20 juin il est fait prisonnier à La Charité-sur-Loire. En septembre, au camp d'Amiens où il est détenu, Senghor compose « Au Guelowar », inspiré par l'appel du général de Gaulle, et de nombreux autres poèmes qui figureront dans Hosties noires.

Réformé pour maladie en janvier 1942, il participe à la Résistance dans le Front national universitaire. L'année 1945 marque le début de sa carrière politique. Élu alors député du Sénégal, il est ensuite par quatre fois président de la République. Il quitte ses fonctions le 31 décembre 1980. Chef d'État, humaniste, homme de culture, poète, écrivain élu à l'Académie française en 1983, ce pionnier de la démocratie en Afrique noire est, avec Aimé Césaire, le père de la négritude qu'il définit, dans Négritude et Civilisation de l'universel, *comme « l'ensemble des valeurs de civilisation du monde noir telles qu'elles s'expriment dans la vie et dans les œuvres des Noirs ».*

Vous tirailleurs Sénégalais, mes frères noirs à la main
    chaude sous la glace et la mort
Qui pourra vous chanter si ce n'est votre frère d'armes,
    votre frère de sang ?

Je ne laisserai pas la parole aux ministres, et pas aux généraux
Je ne laisserai pas – non ! – les louanges de mépris vous
    enterrer furtivement

Vous n'êtes pas des pauvres aux poches vides sans
  honneur
Mais je déchirerai les rires *banania* sur tous les murs
  de France.

Poème liminaire,
Hosties noires (1948) in *Œuvre poétique*
© Éditions du Seuil, 1924, 1973, 1979, 1984 et 1990

*
* *

Mère, sois bénie !
Reconnais ton fils parmi ses camarades comme autrefois ton
  champion, *Kor-Samou* ! parmi les athlètes antagonistes
À son nez fort et à la délicatesse de ses attaches.
En avant ! Et que ne soit pas le pæan poussé ô Pindare !
  mais le cri de guerre hirsute et le coupe-coupe dégainé
Mais jaillie des cuivres de nos bouches, la Marseillaise de
  Valmy plus pressante que la charge d'éléphants des gros
  tanks que précèdent les ombres sanglantes
La Marseillaise catholique.
Car nous sommes là tous réunis, divers de teint – il y en a
  a qui sont couleur de café grillé, d'autres bananes d'or
  et d'autres terres des rizières
Divers de traits de costume de coutumes de langue ; mais
  au fond des yeux la même mélopée de souffrances à
  l'ombre des cils fiévreux
Le Cafre le Kabyle le Somali le Maure, le Fân le Fôn
  le Bambara le Bobo le Mandiago
Le nomade le mineur le prestataire, le paysan et l'artisan
  le boursier et le tirailleur
Et tous les travailleurs blancs dans la lutte fraternelle.
Voici le mineur des Asturies le docker de Liverpool le
  Juif chassé d'Allemagne, et Dupont et Dupuis et tous les
  gars de Saint-Denis.

Éthiopie, À l'appel de la race de Saba, VI,
Hosties noires (1948) in *Œuvre poétique*
© Éditions du Seuil, 1924, 1973, 1979, 1984 et 1990

Voici le soleil
Qui fait tendre la poitrine des vierges
Qui fait sourire sur les bancs verts les vieillards
Qui réveillerait les morts sous une terre maternelle.
J'entends le bruit des canons – est-ce d'Irun ?
On fleurit les tombes, on réchauffe le Soldat Inconnu.
Vous mes frères obscurs, personne ne vous nomme.
On promet cinq cent mille de vos enfants à la gloire des
    futurs morts, on les remercie d'avance futurs morts
    obscurs
Die Schwarze schande !

Écoutez-moi, tirailleurs sénégalais, dans la solitude de la
    terre noire et de la mort
Dans votre solitude sans yeux sans oreilles, plus que dans
    ma peau sombre au fond de la Province
Sans même la chaleur de vos camarades couchés tout contre
    vous, comme jadis dans la tranchée jadis dans les palabres
    du village
Écoutez-moi, tirailleurs à la peau noire, bien que sans
    oreilles et sans yeux dans votre triple enceinte de nuit.

Nous n'avons pas loué de pleureuses, pas même les larmes
    de vos femmes anciennes
– Elles ne se rappellent que vos grands coups de colère,
    préférant l'ardeur des vivants.
Les plaintes des pleureuses trop claires
Trop vite asséchées les joues de vos femmes, comme en
    saison sèche les torrents du Fouta
Les larmes les plus chaudes trop claires et trop vite bues
    au coin des lèvres oublieuses.

Nous vous apportons, écoutez-nous, nous qui épelions vos
    noms dans les mois que vous mouriez
Nous, dans ces jours de peur sans mémoire, vous apportons
    l'amitié de vos camarades d'âge.

Ah ! puissé-je un jour d'une couleur de braise, puissé-je chanter

L'amitié des camarades fervente comme des entrailles et délicate, forte comme des tendons.

Écoutez-nous, Morts étendus dans l'eau au profond des plaines du Nord et de l'Est.

Recevez ce sol rouge, sous le soleil d'été ce sol rougi du sang des blanches hosties

Recevez le salut de vos camarades noirs, tirailleurs sénégalais

MORTS POUR LA RÉPUBLIQUE !

Aux tirailleurs sénégalais morts pour la France,
Hosties noires (1948) in Œuvre poétique
© Éditions du Seuil, 1924, 1973, 1979, 1984 et 1990

*
*   *

Prisonniers noirs je dis bien prisonniers français, est-ce donc vrai que la France n'est plus la France ?

Est-ce donc vrai que l'ennemi lui a dérobé son visage ?

Est-ce vrai que la haine des banquiers a acheté ses bras d'acier ?

Et votre sang n'a-t-il pas ablué la nation oublieuse de sa mission d'hier ?

Dites, votre sang ne s'est-il mêlé au sang lustral de ses martyrs ?

Vos funérailles seront-elles celles de la Vierge-Espérance ?

Sang sang ô sang noir de mes frères, vous tachez l'innocence de mes draps

Vous êtes la sueur où baigne mon angoisse, vous êtes la souffrance qui enroue ma voix

Wôi ! entendez ma voix aveugle, génies sourds-muets de la nuit.

Pluie de sang rouge sauterelles ! Et mon cœur crie à l'azur et à la merci.

Non, vous n'êtes pas morts gratuits ô Morts ! Ce sang n'est
  pas de l'eau tépide.
Il arrose épais notre espoir, qui fleurira au crépuscule.
Il est notre soif notre faim d'honneur, ces grandes reines
  absolues
Non, vous n'êtes pas morts gratuits. Vous êtes les témoins
  de l'Afrique immortelle
Vous êtes les témoins du monde nouveau qui sera demain.

Dormez ô Morts ! et que ma voix vous berce, ma voix de
  courroux que berce l'espoir.

Tyaroye,
Hosties noires (1948) in *Œuvre poétique*
© Éditions du Seuil, 1924, 1973, 1979, 1984 et 1990

Un Spahi de la 3ᵉ BS (Brigade de Spahis) durant l'hiver 1940 dans les Ardennes.

Témoignage d'Ahmed Ben Bella

Sergent au 14ᵉ régiment d'infanterie alpine, Ahmed Ben Bella, figure emblématique du nationalisme arabe, futur premier président de l'Algérie qui passera ensuite 23 années en prison avant de connaître l'exil, obtient en 1940 la Croix de guerre pour avoir abattu un stuka *dans le port de Marseille. En 1944, au 5ᵉ régiment de tirailleurs marocains, il est quatre fois cité, dont deux fois à l'ordre de l'armée. Le général de Gaulle lui remet en personne la Médaille militaire. Durant la bataille du Monte Cassino, Ben Bella, au péril de sa vie, sauve son officier Offel de Villaucourt.*

J'ai reçu la Médaille militaire des mains du général de Gaulle. Deux de mes frères sont morts en combattant les Allemands, le premier en 1914, le second en 1940. Plusieurs de mes cousins sont tombés pour la France. Vous évoquez avec raison Cassino. J'y étais. J'ai d'abord combattu en France, à Marseille, dans la défense antiaérienne. C'était en 1940. Sur le port nous avons abattu plusieurs *stukas*. En 1942, j'ai participé à la campagne d'Italie en compagnie d'officiers français de grande qualité, qui avaient tenté de rejoindre de Gaulle à Londres. Sous la direction du maréchal Juin, un bon stratège, les compagnies d'élite composées essentiellement de Nord-Africains ont repoussé les forces hitlériennes hors d'Italie. J'étais un parmi des milliers.

L'Humanité du 1ᵉʳ octobre 2002,
interview d'Ahmed Ben Bella par José Fort.

63

© ECPAD/France

Fin janvier 1945, un goumier monte en ligne dans la région de Colmar.

Témoignage de Sangoulé Lamizana

Né en 1916 à Dianra, dans la province du Sourou, au Burkina Faso, Sangoulé Lamizana est recruté dans l'armée française en 1936. Il fait ses premiers pas dans le métier des armes au Mali puis au Sénégal. Caporal en 1939, il est nommé ensuite sergent en 1940 puis adjudant en 1946. Sous-lieutenant en 1949, il fait deux séjours consécutifs en Indochine – plus de deux ans en tout – où il gagne les galons de lieutenant et y reste jusqu'à la fin de la guerre. Il effectue aussi un séjour en Algérie de 1959 à 1961. Lors de la proclamation de l'indépendance de la Haute-Volta (actuel Burkina Faso), il est rappelé par les autorités de son pays pour créer l'armée nationale voltaïque. Il termine sa carrière dans l'armée comme général de corps d'armée. Devenu chef de l'État le 3 janvier 1966, il a présidé aux destinées de la Haute-Volta jusqu'au 25 novembre 1980. Le général Sangoulé Lamizana est décédé le 26 mai 2005 dans sa 89ᵉ année.

On ne peut oublier le débarquement. Personnellement, je n'ai pas participé à cette opération. Nous étions en position, quand d'autres régiments nous ont précédés dans son accomplissement. On a commencé le débarquement dans l'île d'Elbe le 17 juin 1944, ensuite est intervenue la libération de la Corse et du midi de la France. Nos troupes ont remonté la vallée du Rhône pour faire la jonction avec celles qui ont débarqué au Nord. Les Allemands étaient contraints de ne pas se laisser encercler, ceux qui étaient du côté de la Bretagne se sont dépêchés pour constituer un noyau afin de résister. Mais les forces étaient telles qu'on les a mis hors du territoire français. Franchement, on ne fait pas beaucoup cas des faits d'armes des héros de 1939-1945. En 1939-1940, nous avions perdu la bataille, mais pas la guerre. En 1944, les Allemands tenaient durement le midi de la France pour ne pas laisser débarquer. Il y avait un système de défense tel qu'il fallait forcer. Et c'est ce qui a été fait en août 1944 pour les déloger des fortifications qui étaient du côté de Marseille, Fréjus, Saint-Raphaël, Nice, tout le long de la côte Sud. On évoque juste de temps en temps quelques hauts faits de guerre des tirailleurs sénégalais parce que nous manifestons. On a l'impression qu'on nous oublie ! Ce qui me fait mal, c'est que dans les manuels d'histoire on n'enseigne pas aux jeunes Français l'héroïsme des Anciens combattants africains. Même ceux qui sont au pouvoir actuellement étaient petits au moment de la guerre ; c'étaient des gosses, ils n'ont pas vu les braves Africains. Et comme ce n'est pas écrit dans les manuels, on n'enseigne pas ce volet de l'histoire. Ceux de 1914-1918 ne sont plus ; mais on parle de la Grande guerre de 1914-1918, on parle des Africains, de Verdun où nous nous sommes illustrés en nous battant comme des lions dans les tranchées. Si ce n'est pas maintenant, il y a encore 40 ans de cela, on pouvait rencontrer pas mal d'Africains avec des jambes de bois. Ce n'était pas seulement à cause des balles ou des mines, il y avait le froid, ils étaient dans la boue et en plein hiver dans les tranchées. Malgré tout cela, ils se sont battus et on n'en parle pas beaucoup. Les jeunes Français ignorant tout de cette période, de ce qu'ont enduré les combattants africains, ne peuvent en parler. Ils connaissent tout de leurs propres frères, mais rien des Africains qui ont versé leur sang pour cette liberté. Nos Poilus de l'époque, nos grands-parents et nous-mêmes avons montré au monde qu'il fallait compter avec nous. Quand il y a des anniversaires comme celui du Débarquement, on ne parle pas des troupes noires, des tirailleurs sénégalais. S'ils ne veulent pas parler de notre sacrifice, Dieu, lui, le sait et il en parlera !

L'Opinion, n° 359,
18-24 août 2004.

Tirailleurs de la 9ᵉ DIC (Division d'Infanterie Coloniale) lors de la bataille des Vosges. À partir de l'automne 1944, commence le « blanchiment » des unités d'Afrique noire.

Témoignage d'Abdelhadi Ben Rahalat

Le 15 août 2004, pour le soixantième anniversaire du débarquement de Provence, Abdelhadi Ben Rahalat, ancien goumier marocain, est décoré de la Légion d'honneur.

C'est le *Moqaddem* qui est venu nous dire de nous engager dans l'armée française suite à l'appel lancé dans les mosquées par le sultan Mohammed V. On a réussi à libérer Marseille, puis Toulon, après des combats de rue à la baïonnette et à l'arme légère. Ensuite, nous sommes partis vers l'Alsace. Toute ma compagnie avait été décimée et je suis resté seul avec 45 militaires dont j'ai pris le commandement. En Alsace, un coup de mortier m'a coupé la main droite. Pendant la guerre, c'est aux Marocains qu'on ordonnait d'aller sur les fronts dangereux mais plus tard c'est aux Français qu'on décernera les médailles. Au Maroc, sous le protectorat français, on souffrait du racisme. Les pensions n'étaient pas suffisantes et on refusait de nous accorder des visas pour la France. Nos pensions doivent être alignées sur celles perçues par les Français car nous avons combattu côte à côte. Certains n'ont pas même de quoi manger ou se soigner. Ils ont donné leur jeunesse et leur sang dans la guerre. La France doit pour sa part leur donner les moyens de mourir dignement. Je suis content et triste à la fois de participer à cette commémoration, content d'être décoré, mais triste car la majorité des anciens combattants est morte ou a été délaissée dans des conditions affligeantes.

Abdelhadi Ben Rahalat, ancien goumier marocain
(extrait du site Internet de la section de Toulon de la Ligue
des droits de l'homme, www.ldh-toulon.net).

Avril 1945, des soldats de la 1re Armée pansent un tirailleur, blessé pendant les combats à Fützen. Sur sa poitrine est tatoué « Pas de chance ».

Témoignage de Issa Sesse

Issa Sesse, vétéran sénégalais, a participé à la libération de Toulon. Le 15 août 2004, pour le soixantième anniversaire du débarquement de Provence, il est décoré de la Légion d'honneur.

Le bateau ne pouvait pas arriver jusqu'à terre, nous avons sauté à l'eau et pataugé jusqu'au rivage. La France a colonisé le Sénégal, et nous les avons aidés à se libérer. Je n'oublie pas les copains qui tombent et que tu ne peux ramasser. Je n'avais jamais vu la France. J'étais perdu ! Mais ils nous ont accueillis, les Français étaient très gentils, très chaleureux. Les villageois nous ont donné des fleurs, du vin. C'était formidable, on était comme leurs frères, comme leurs parents, on dansait. Le lendemain, on pouvait se faire tuer. Alors, on se disait, ce soir y a bal, on va au bal, on s'en fout. Il y avait beaucoup de marraines. On n'avait pas de boubous à l'époque, on était habillés en américain, ça plaisait aux marraines mais elles regardaient pas ça, elles regardaient l'amour entre nous, elles nous embrassaient et plus... Ce qui me rend furieux, c'est ma pension de combattant. Je ne sais pas pourquoi, ils nous payent comme des immigrés. L'autre drame, c'est la mémoire. J'ai été à Paris, j'ai entendu les jeunes qui me voient avec les médailles et me demandent : « *Pourquoi tu portes ça ?* » Je leur explique et eux disent : « *Nous n'avons jamais appris que des tirailleurs sénégalais ont fait la guerre en France.* » J'ai dit : « *Comment avec tous ceux tués en*

France ? » L'Afrique n'a pas compté dans la guerre. Heureusement, tout le monde n'est pas mort. La France a colonisé le Sénégal, et nous les avons aidés à se libérer. Ma pension est aujourd'hui d'un peu plus de 57 000 francs CFA [environ 90 euros], touchée deux fois par an. Une disparité avec les pensions des combattants français. Je ne sais pas pourquoi, ils nous payent comme des immigrés.

Issa Sesse, vétéran sénégalais ayant participé
à la libération de Toulon
(extrait du site Internet de la section de Toulon
de la Ligue des droits de l'homme, www.ldh-toulon.net).

En mars 1945, à Maximiliansau, un tirailleur de la 3ᵉ section de la 3ᵉ compagnie du 1ᵉʳ bataillon de la 3ᵉ RTA (Régiment de tirailleurs Algériens) à son poste de guet devant les blockhaus allemands de la ligne Siegfried.

Témoignage de Samuel Ekwé,
soldat au 1er régiment de fusiliers marins

Les gens étaient pauvres. Ils n'avaient même pas les chaussures, les babouches, rien que les sabots qui faisaient *cling clang cling clang* sur les pavés. Ils étaient pauvres et malheureux. Un souvenir… ils ont été accueillants envers nous. Ils ont été contents. Et nous, on était les sauveurs. Les sauveurs.

Samuel Ekwé, soldat au 1er régiment de fusiliers marins (*Nos libérateurs, Toulon – août 1944*, Florilège de l'exposition réalisée par l'amicale du groupe Marat au musée d'art de Toulon, novembre 2003-février 2004).

Avril 1943, un soldat du 2ᵉ GTM (Groupe de Tabors Marocains) tire au pistolet-mitrailleur Thompson.

Témoignage de l'ancien sergent Antandou Somboko

L'ancien sergent Antandou Somboko, Croix de guerre, Médaille coloniale, Médaille de la France Libre, Médaille commémorative de la Seconde Guerre mondiale, Médaille coloniale de Tunisie, reçoit par trimestre à Bamako au Mali où il réside la somme de 200 000 francs CFA soit environ 30 euros. Le 15 août 2004, pour le soixantième anniversaire du débarquement de Provence, il est décoré de la Légion d'honneur.

Je me sens très heureux. Lorsque j'ai appris que j'allais être distingué, j'ai tué un poulet pour fêter ça. Ma surprise était grande, la France se rappelle de moi.

Antandou Somboko,
(extrait du site Internet de la section de Toulon de la Ligue des droits de l'homme, www.ldh-toulon.net).

Témoignage de Ahmed Farhati,
4ᵉ régiment de tirailleurs tunisiens

30 juillet 1944

Nous avons libéré Marseille, j'espère que le reste sera pareil et que nous réussirons à libérer l'Europe.

25 août 1944

Paris est libre. Nous les Tunisiens, Marocains, Algériens et Sénégalais pouvons être fiers de nous : nous nous sommes battus pour la France comme si elle était notre Patrie. J'espère que lorsque je rentrerai, enfin si je rentre en Tunisie, nous pourrons être considérés par les Français comme des frères et non comme des colonisés.

9 mai 1945

Hier nous avons livré notre dernière bataille... Nous avons libéré l'Allemagne des nazis. La guerre est finie ! Nous pourrons tous rentrer chez nous en espérant ne plus jamais revoir les horreurs que nous avons vues. Il paraît que les Allemands emprisonnaient des Juifs et les tuaient de façon horrible, industrielle.

Extrait du site Internet http://www.ceres-editions.com
de présentation du livre de Éric Deroo et Pascal
Le Pautremat, *Héros de Tunisie, Spahis
et tirailleurs d'Ahmed Bey Iᵉʳ à M. Lamine Bey
1837-1957*, Ceres Éditions, 2005.

Portrait d'un tirailleur sénégalais de la 2ᵉ armée, en avril 1940.

**Témoignage de Joseph Razoamosa,
ancien combattant malgache FFI,
rentré à Madagascar en 1945
pour cultiver sa terre**

Ce ne sont pas les Français de France qui ont gagné la guerre, mais nous les colonies.

Site culturel pour la promotion de la culture et de la langue malgaches, http://pageperso.aol.fr/Mahagaga mada/combattantsmg.html.

18 juin 1945, défilé des Spahis à Constance à l'occasion des adieux du
général américain Devers à la 1re Armée du général de Lattre de Tassigny.

Témoignage de Claude Mademba Sy, ancien de la 2ᵉ D.B.

Quand on est amoureux de ce pays qu'est la France, on ne comprend pas cette bassesse, cette ignominie. Quand je pense que la retraite du combattant est de 430 € par an et que l'on mégote alors qu'il ne reste plus que quelque 800 anciens combattants au Sénégal et près de 2 000 au Mali ! Quand on m'a appris à donner l'assaut, on m'a dit : « *Tu sors de la tranchée, tu baisses la tête et tu cries :* "En avant pour la France !" »

Claude Mademba Sy, ancien de la 2ᵉ D.B., commandeur de la Légion d'honneur, huit citations dont trois à l'ordre de l'armée (extrait d'une interview *Le Monde 2*, mai-juin 2006).

En mars 1945, un goumier de la 1re Armée, chauffeur d'une jeep de l'escorte du général de Monsabert.

Discours de M. Jacques Chirac, Président de la République, à l'occasion du soixantième anniversaire du Débarquement en Provence

Soixante ans après le débarquement allié en Provence, le 15 août 2004, la France a rendu un hommage appuyé aux combattants africains de l'opération « Dragoon ». Devant seize chefs d'État et de gouvernement invités, dont le président algérien Abdelaziz Bouteflika et le roi du Maroc Mohammed VI, et 21 anciens combattants, élevés pour l'occasion au rang de chevalier de la Légion d'honneur, le président Jacques Chirac a exprimé la gratitude et la reconnaissance des Français à l'égard des combattants indigènes (extrait du discours).

Voici soixante ans, au prix de sacrifices immenses, les forces de la Liberté poursuivaient leur assaut pour briser la machine de mort et de haine qui, au mépris des valeurs essentielles de l'humanité, avait entrepris d'asservir l'Europe.

Après l'Afrique du Nord, la Sicile, la Corse, la Normandie, ici même, en Provence, le 15 août 1944, s'engageait une nouvelle étape de cette lutte sans merci qui devait décider du destin de nos Nations.

Aux ordres des généraux Patch et de Lattre de Tassigny, galvanisés par des chefs exceptionnels, des milliers et des milliers de combattants prenaient pied sur les plages et ouvraient un nouveau front majeur dans le dispositif ennemi.

Alors même que le front de l'Ouest exigeait d'eux des efforts prodigieux et que les combats se poursuivaient en Italie, Américains et Britanniques décidaient d'engager des forces supplémentaires sur ce théâtre d'opérations et en acceptaient le prix.

La mémoire des soldats alliés qui tombèrent sous le feu de l'ennemi a été honorée, hier et ce matin, à Draguignan, à La Motte-Le Muy, au Dramont, à Cavalaire. [...]

En cette journée du 15 août 1944, pour toutes les Françaises, pour tous les Français, quelle joie, profonde, intense, inoubliable, quelle fierté que de voir l'armée de la France combattante engagée, aux côtés de ses alliés, dans le combat pour la libération de notre sol !

Comme le général de Gaulle, chef de la France Libre, l'avait voulu, nos soldats étaient à nouveau au rendez-vous de l'Histoire. Un idéal commun les transcendait. Des valeurs essentielles les rassemblaient : la Liberté, l'Égalité, la Fraternité. La liberté. Elle guidait ces combattants, comme elle animait ceux qui venaient de percer le front en Normandie, mais aussi les Résistants de l'intérieur, qui sortaient enfin au grand jour et apportaient aux forces débarquées un concours déterminant.

L'égalité. Elle était, dans l'épreuve du feu, la marque même de leur destin. Égalité face à la peur, aux souffrances, à la mort. Égalité aussi dans l'honneur et dans la gloire.

Une gloire conquise en Tunisie, dès 1942, puis en Sicile et en Corse, premier département métropolitain libéré. Une gloire confirmée, et avec quelle abnégation, quelle ténacité, tout au long de la terrible campagne d'Italie. Une gloire qui ne cesserait plus de les suivre et d'éclairer de ses feux la marche qui allait les conduire du Rhône au Rhin et jusqu'au Danube.

Le 8 mai 1945, à Berlin, derrière le général de Lattre de Tassigny assis à la table des vainqueurs, c'est toute la cohorte de ces héros dont le sacrifice et le courage se voyaient reconnus et honorés.

La fraternité enfin. Celle des armes, qui soudait dans un même élan, sous le drapeau français, ces combattants de toutes origines qui composaient la 1re Armée, officiers, sous-officiers, soldats des prestigieuses 1re division Française Libre du général Brosset, 3e division d'infanterie algérienne du général de Montsabert, 2e division d'infanterie marocaine du général Dody, 4e division marocaine de montagne du général Sevez et 9e division d'infanterie coloniale du général Magnan.

Ces valeureux soldats venaient de la métropole et de tous les horizons de l'Outre-Mer français. Jeunes de l'Algérie, du Maroc et de la Tunisie, fils de l'Afrique occidentale ou de l'Afrique-Équatoriale, de Madagascar ou de l'océan Indien, de l'Asie, de l'Amérique ou des Territoires du Pacifique, tous se sont magnifiquement illustrés dans les combats de notre Libération. Ils paieront un très lourd tribut à la victoire.

Chasseurs d'Afrique, goumiers, tabors, spahis, tirailleurs, zouaves... leurs noms résonnent pour toujours avec éclat dans nos mémoires. Combattants exemplaires, souvent héritiers de traditions guerrières immémoriales, admirables de courage, d'audace et de loyauté, ils ont été les inlassables artisans de la victoire [...].

(Source : http://www.elysee.fr)

Interview télévisée de M. Jacques Chirac, Président de la République, à l'occasion de la fête nationale du 14 juillet 2006

QUESTION – Une question précise aussi, parce que je sais que cela vous est cher, et que c'est une question sensible, c'est celle des combattants issus de nos anciennes colonies d'Afrique du Nord ou d'Afrique noire pendant la Deuxième Guerre mondiale et dont les pensions sont limitées à un niveau très inférieur aux autres pensions. C'est effectivement un sujet sensible. Est-ce que, là-dessus, vous avez l'intention de prendre une décision ?

LE PRÉSIDENT – Alors, le problème tient au fait qu'en 1958 on a cristallisé – pardon du mot – c'est-à-dire qu'on a bloqué, les pensions de ces combattants qui venaient d'Outre-Mer, pour l'essentiel, et on n'a rien touché. C'est bien cela ? C'était profondément injuste. Alors, ne dites pas que l'on n'a rien fait, parce que en 2002 j'ai pris la décision de décristalliser – encore pardon du terme...

QUESTION – Mais les niveaux du montant restent très peu élevés...

LE PRÉSIDENT – C'est tout à fait exact. On a fait une augmentation non négligeable, qui a coûté beaucoup d'argent, mais on n'a pas encore – et on en est loin – atteint la parité. Mon intention, c'est de poursuivre ce mouvement qui per-

met de rendre à ces combattants l'hommage qui leur est
légitimement dû.

Interview accordée à Patrick Poivre d'Arvor –
David Pujadas (source : http://www.elysee.fr).

Conclusion

Les dettes du passé ou la mémoire meurtrie

« Puissent les générations qui prendront la relève pour la survie de la France ne jamais oublier ce qu'elles doivent aux Africains qui venaient de loin », lit-on dans le journal de marche du 22ᵉ bataillon de marche nord-africain (BMNA). Ce bataillon, créé en septembre 1941, rattaché à la 1ʳᵉ division Française Libre, dissous en janvier 1946 en Algérie, intégra tirailleurs maghrébins, Français d'Afrique du Nord, de métropole et de Corse, de toutes classes sociales et de toutes religions. Unité parmi les plus décorées, le 22ᵉ BMNA a compté douze Compagnons de la Libération, dont le lieutenant algérien Mohamed Bel Hadj, tué le 9 janvier 1945 en Alsace. Le 22ᵉ BMNA a compté 355 tués – plus du tiers de son effectif –, dont 156 officiers et parmi eux tous les officiers maghrébins. Son histoire, de la campagne d'Italie à l'Alsace, comme celle du 7ᵉ régiment de tirailleurs algériens dont le film *Indigènes* narre l'épopée, se confond avec l'histoire de la France Libre.

En 1945, la France devait un lourd tribut à ses colonies. Pourtant, après la victoire, les coloniaux et soldats de l'Armée d'Afrique seront pour longtemps les oubliés de l'Histoire. N'a-t-il pas fallu attendre la dernière décennie, les grandes commémorations, en 1994 et surtout en 2004, des débarquements alliés, dont celui de Provence, pour enfin reconnaître officiellement les dettes du passé ? Pourquoi avoir attendu 2001 et un arrêt du Conseil d'État pour donner raison à titre posthume à Amadou Diop ? En réclamant réparation, cet ancien sergent-chef sénégalais victime de la « cristallisation » et n'ayant touché qu'un tiers de la retraite qu'il aurait dû avoir symbolisait l'injustice faite aux 80 000 derniers anciens combattants de l'ex-Empire colonial.

Certes, en 2003, le gouvernement de Jean-Pierre Raffarin s'est engagé dans la voie de la décristallisation partielle des pensions et le Président de la République Jacques Chirac a affirmé officiellement le 14 juillet 2006 vouloir atteindre la parité de traitement. Pour autant, la question financière n'est toujours pas réglée, et les anciens soldats de « la plus grande France » ne seront plus là, d'ici à quelques années.

Assurément, un véritable malaise existe entre la France et ses anciennes colonies. L'injuste et scandaleuse question des pensions, sur laquelle se clôt le film *Indigènes*, n'est qu'un aspect de la fracture coloniale. La fameuse loi n° 2005-158 du 23 février 2005 portant reconnaissance de la Nation et contribution nationale en faveur des Français rapatriés est un autre pan de cette rupture. Son article 4 stipulait : « Les programmes de recherche universitaire accordent à l'histoire de la présence française outre-mer, notamment en Afrique du Nord, la place qu'elle mérite. Les programmes scolaires reconnaissent en particulier le rôle positif de la présence française outre-mer, notamment en Afrique du Nord, et accordent à l'histoire et aux sacrifices des combattants de l'armée française issus de ces territoires la place éminente à laquelle ils ont droit. La coopération permettant la mise en relation des sources orales et écrites disponibles en France et à l'étranger est encouragée. »

Certes cette loi de reconnaissance envers les femmes et les hommes ayant participé en Afrique du Nord, en Indochine et ailleurs à l'histoire coloniale s'adressait particulièrement aux rapatriés, pieds-noirs et harkis, contraints à l'exil après les indépendances. Mais l'article donnant toute leur place à l'histoire et aux sacrifices des combattants de l'armée française issus de l'ex-Empire entendait aussi rappeler l'importante contribution de ces soldats dans toutes les guerres menées par la France, y compris lors du second conflit mondial.

Une année entière de controverses s'est alors ouverte. Des polémiques, des débats – y compris la contestation des lois sur les crimes contre l'humanité, sur le génocide arménien et sur la traite négrière et l'esclavage – ont exacerbé la querelle des mémoires. Des pétitions pour et contre, des procès, des missions d'évaluation confiées par l'Élysée puis par le ministre de l'Intérieur ont divisé les Français. En effet, l'État et le politique doivent-ils prescrire l'écriture de l'Histoire ? Devenus porteurs d'une histoire officielle, les historiens ont-ils pour fonction de dire le bien ou le mal, d'être les apôtres d'une mémoire définie par la loi, au gré de l'influence de tel ou tel groupe politique ou social ? Finalement, le 25 janvier 2006, le Président de la République demande au Premier ministre de saisir le Conseil constitutionnel pour qu'il se prononce sur le caractère réglementaire de l'article de loi sur le « rôle positif » de la colonisation française, « en vue de sa suppression ». Dans un souci de concorde, pour que la Nation se rassemble et non se divise sur son histoire, le Président de la République opte pour la réécriture d'un texte illustrant tous les risques de légiférer sur la mémoire. Pour autant, dans sa déclaration du 25 janvier 2006, il réaffirme le caractère juste et nécessaire de rendre hommage aux combattants de toutes origines de l'armée française. Cette légitime reconnaissance doit intégrer dans notre conscience collective la place majeure tenue par les combattants indigènes dans tous les conflits où la France était engagée, de la Première Guerre mondiale aux guerres de décolonisation.

Le film *Indigènes* de Rachid Bouchareb s'inscrit aussi dans cette démarche. Au festival de Cannes 2006, le Prix d'interprétation masculine a été décerné de manière collective à Jamel Debbouze, Samy Naceri, Sami Bouajila, Roschdy Zem et Bernard Blancan pour leur prestation dans ce film. Au-delà de la qualité du jeu des acteurs, de l'intelligence et de la force de la caméra de Rachid Bouchareb, *Indigènes* est un film événement. Tout en gardant une indispensable dimension humaine, ce film travaillé et documenté n'est pas uniquement l'histoire de soldats de l'Armée d'Afrique libérant la France, leur pays, la Mère Patrie qu'ils découvraient pour la plupart en débarquant en Provence le 15 août 1944. Il est autant l'histoire des grands-parents et arrière-grands-parents de nombre de jeunes des banlieues, la mémoire de beaucoup d'Algériens, Marocains, Tunisiens, candidats à l'émigration, qu'un pan essentiel de l'histoire de France et de tous les Français.

Juste et réaliste, ce film conciliant « droit à la mémoire » et « travail d'histoire » est un outil d'intégration, une pierre à l'édifice pour tenter de vivre ensemble en connaissant le passé. Avec *Paroles d'Indigènes, les soldats oubliés de la Seconde Guerre mondiale*, nous avons aussi décidé d'emprunter cette voie. En France, au cœur des Trente Glorieuses, nombre de balayeurs dans nos rues et d'ouvriers d'usine n'étaient pas des pauvres aux poches vides mais d'anciens soldats de l'Armée d'Afrique ou des coloniaux. Ces héros anonymes de l'Afrique noire et brune sont aujourd'hui retirés dans des foyers pour vieux travailleurs, rentrés au bled ou décédés. Ce livre, rappel de l'engagement et des sacrifices consentis pour notre liberté et la démocratie par tous ces combattants, tirailleurs, spahis, tabors et autres goumiers, leur est dédié.

Lexique

Armée d'Afrique : unités recrutées en Afrique du Nord.

Goum (goumiers) : un goum est une unité de soldats maro-cains de l'armée française forte de près de 200 militaires ou goumiers.

Spahi : cavalier des corps auxilliaires indigènes de l'armée française recrutés en Afrique du Nord.

Tabor : bataillon de 3 à 4 goums.

Tirailleurs : contingents de soldats indigènes recrutés dans les nouvelles colonies de la IIIème République, notamment en Afrique occidentale française (A-OF) et en Afrique équatoriale française (A-ÉF).

Troupe coloniales : au sens large troupes servant dans les Territoires d'Outre-Mer et sur d'autres théâtres lors des deux guerres mondiales. Les coloniaux hormis les métropolitains de l'infanterie de marine sont recrutés principalement en Afrique occidentale française (A-OF) et en Afrique équatoriale française (A-ÉF).

Pied-noir : Français né en Algérie.

Bibliographie

Livres et articles

Aïdara Moulaye, *L'histoire oubliée des tirailleurs sénégalais de la Seconde Guerre mondiale*, Manuscrit, 2005.

Belkhacem Recham, *Les musulmans algériens dans l'armée française (1919-1962)*, L'Harmattan, 1996.

Bilé Serge, *Noirs dans les camps nazis*, Éditions du Rocher, 2005.

Blanchard Emmanuel, « Les tirailleurs, bras armé de la France coloniale », in *Les spoliés de la décolonisation*, Plein Droit, n° 56, mars 2003.

Blanchard Pascal, Bancel Nicolas, Lemaire Sandrine, Barlet Olivier, *La fracture coloniale, la société française au prisme de l'héritage colonial*, La Découverte, 2005.

Blanchard Pascal, Deroo Éric, Manceron Gilles, *Le Paris noir*, éd. Hazan, 2001.

Clayton Antony, *Histoire de l'armée française en Afrique 1830-1962*, Albin Michel, 1994.

Deroo Éric et Le Pautremat Pascal, *Héros de Tunisie, Spahis et tirailleurs d'Ahmed Bey Ier à M. Lamine Bey 1837-1957*, Ceres Éditions, 2005.

Dewitte Philippe, « Des tirailleurs aux sans-papiers, la République oublieuse », in *Hommes et Migrations*, n° 1221, septembre-octobre 1996.

Frémeaux Jacques, « L'armée oubliée, Les troupes d'Afrique du Nord », in *Armées d'aujourd'hui*, n° 190, 1994.

Jauffret Jean-Charles, « Soldats de la plus grande France, la participation des tirailleurs sénégalais à la Libération en 1944-1945 », *ibid*.

Kamian Bakari, *Des tranchées de Verdun à l'église Saint-Bernard*, Khartala, 2001.

Lawler Nancy, *Soldats d'infortune. Les tirailleurs ivoiriens de la Seconde Guerre mondiale*, L'Harmattan, 1996.

Levisse-Touzé Christine, *L'Afrique du Nord dans la guerre 1939-1945*, Albin Michel, 1998.

Le Naour Jean-Yves, *La honte noire, l'Allemagne et les troupes coloniales françaises, 1941-1945*, Hachette Littératures, 2003.

Michel Marc, *L'appel à l'Afrique. Contributions et réactions à l'effort de guerre en A-OF (1914-1919)*, publications de la Sorbonne, 1982.

—, *Les Africains et la Grande Guerre : l'appel à l'Afrique (1914-1918)*, Karthala, 2003.

—, « Les troupes coloniales dans la guerre », *in* Stéphane Audoin-Rouzeau et Jean-Jacques Becker (dir.), *Encyclopédie de la Grande Guerre, 1914-1918, Histoire et culture*, Bayard, 2004.

Onana Charles, *La France et ses tirailleurs, enquête sur les combattants de la République*, Duboiris, 2003.

Porte Rémy, « L'Empire contre-attaque », in *Ceux de Verdun, Le Figaro* Hors-Série, 2006.

Senghor Léopold Sedar, *Hosties noires*, Éditions du Seuil, 1948.

Stora Benjamin, *L'Armée d'Afrique, les oubliés de la libération*, *TDC*, n° 692, 15 mars 1995.

Colonies, un débat français, *Le Monde 2*, Hors-Série, mai-juin 2006.

Nos libérateurs, Toulon – août 1944, Florilège de l'exposition réalisée par l'amicale du groupe Marat au musée d'art de Toulon, novembre 2003-février 2004.

Sites Internet

Site du film de Rachid Bouchareb et son dossier pédagogique : www.indigenes-lefilm.com

Site « Le souvenir des deux guerres mondiales au Maroc » (http://www.lylytech.net/~marocomb/). Inspiré d'un travail mené par trois professeurs du lycée Lyautey de Casablanca, au Maroc, Christophe Touron, Jean-Pierre Riera et Abdenasser Bouras, ce site est d'une richesse et d'une qualité exceptionnelles. « Les tirailleurs nord-africains », in *Les Chemins de la Mémoire*, n° 125, février 2003.

Site section de Toulon de la Ligue des droits de l'homme : www.ldh-toulon.net

Site du GISTI (Groupe d'information et de soutien des immigrés) : www.gisti.org

Site de la Cité nationale de l'histoire de l'immigration : www.histoire-immigration.fr

Remerciements

Association La Force Noire
Né à Crao Dioula au Mali en 1915, Mamadou Traoré, matricule 34983t9026 a été incorporé dans l'armée française le 3 janvier 1934. Tirailleur sénégalais, il sert jusqu'au 19 novembre 1946 et est rayé des cadres comme sergent-chef. Aujourd'hui, sa veuve et ses enfants au sein d'une association, La Force Noire, agissent pour l'égalité des droits entre tous les anciens combattants. Merci à madame Traoré et à ses fils pour la confiance qu'ils nous ont accordée.

Association APCV
L'Agence de promotion des cultures et du voyage a pour objectif la promotion des cultures et du voyage favorisant la relation, l'échange et le dialogue entre les cultures euro-méditerranéennes par des rencontres, des colloques, des spectacles, des voyages, des échanges culturels et sportifs afin de mieux communiquer ensemble. apcvculture@free.fr. Nos remerciements à Rahim Rezigat et Ahmed Benaoui.

797

Composition PCA - 44400 Rezé
Achevé d'imprimer en France par Aubin
en octobre 2006 pour le compte de E.J.L.
87, quai Panhard-et-Levassor, 75013 Paris
1er dépôt légal dans la collection : août 2006

Diffusion France et étranger : Flammarion